명·상·에·세·이

신은 쿨한 스타일이다

God is cool style

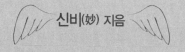

신비(妙) 지음

청어

신은 쿨한 스타일이다
God is a cool style

신비(妙) 지음

발행처 · 도서출판 청어
발행인 · 이영철
영 업 · 이동호
홍 보 · 최윤영
기 획 · 천성래 | 김홍순
편 집 · 김영신 | 방세화
디자인 · 김바라 | 서경아
제작부장 · 공병한
인 쇄 · 두리터

등 록 · 1999년 5월 3일(제22-1541호)

1판 1쇄 인쇄 · 2013년 8월 5일
1판 1쇄 발행 · 2013년 8월 15일

주소 · 서울 서초구 서초3동 1595-10 봉양빌딩 2층
대표전화 · 586-0477
팩시밀리 · 586-0478

홈페이지 · www.chungeobook.com
E-mail · ppi20@hanmail.net
ISBN · 978-89-97706-69-3 (03810)

신은 쿨한 스타일이다

God is cool style

나는 존재하지 않는다.

아직 당신에게는!

또한 어쩌다 길거리에서 스쳐 지났을 수는 있겠으나

그때 당신은 나를 알아보지 못했다.

나는 존재하지 않는 존재이다.

당신에게 나는 어쩌면 까마득한 태초,

혹은 머나먼 후세의 인간이다.

혹은 '당신은 결코 방문할 수 없는'

내 꿈속 세상의 존재이다.

그러나 알 수 없다.

나는 꿈과 시간의 지배자!

당신이 언제 다시 내 옆을 지날지는 모르지만

그때 당신은 나를 알아보게 된다.

나를 알지 못했던 과거 따윈 완전히 망각한 채.

바야흐로 복수는 시작되는 것이다.

스스로 깨어나 마침내 별이 되고 태양이 되어

꽃 한 송이 피운 자.

존재 그대로의 존재,

빛 그대로의 빛,
하얀 치맛자락을 이끌고
구름 속을 산책하는 바로 그날에는!

그리하여 나는 그 어디에도 기대지 않고
외로움에 떨지도 않은 채,
수만 번의 죽음에도 다시 부활하여
구름이 수시로 그 모양을 바꾸듯이
그렇게 오늘도 하루를 살아내고 있는 것이다.
그날이 바로 어제인 듯
혹은 지금 이 순간인 듯
한순간도 자존감을 잃지 않으며
세상 모든 장대한 것과 연결되어
결코 소외되지 않은 채로!

해가 몹시도 긴 어느 날
당신은 다락방에서 낯선 책 한 권을 발견하게 된다.
어머니의 짐 꾸러미인지, 아니면
할아버지의 할아버지쯤 되는 분의 유품인지는 알 수 없다.

무언가에 이끌리듯 집어 들게 된 책.
거기, 두껍게 앉은 먼지를 손바닥으로 훑어내고
누렇게 바랜 표지를 호기심 어린 눈으로 바라보는
당신이 있다.

책장을 넘기면 곧 세계가 펼쳐진다.
그 세계는 당신의 그것과는 다르다.
아직도 버리지 못한 꿈같기도 하고,
아련히 떠오르는 그리움 같기도 한,
미지의 그것에 몸을 내맡기기만 한다면
언제든 갈 수 있는 세계.
옷장 문을 열고 나니아로 들어갈 것인가,
환상의 쥬만지 게임을 시작할 것인가,
그것은 오로지 당신의 몫이다.

아담과 하느님*, 혹은
E·T와 소년 엘리엇의 손가락이 맞닿는 순간!
당신이 책장을 넘기는 것은 바로 그 순간과 같다.
두 손가락이 맞닿는 지점은

당신의 세계와 나의 세계의 접점이다.
당신의 세계에서 나는 아직 이방인!
그래도 여전히 나를 움직이게 하는 힘,
그것은 다만 어쩔 도리 없는 나의 존재감이다.
그로 인해 당신의 시간여행은 가능하게 된 것이다.

2007년 어느 날 미리 써 놓은 서문

*아담과 하느님: 이탈리아의 화가이자 조각가인 미켈란젤로(1475~1564)의 작품으로 바티칸 시스티
나 예배당의 천장화 〈아담의 창조〉(1508~12)를 말함. 하느님이 자신이 만든 최초의 인간 아담에게
생명을 불어넣는 순간을 그린 것으로 하느님과 아담이 뻗친 손끝이 서로 맞닿으려 하고 있어 긴장
을 고조시킨다.

그동안 나는 수편의 서문을 쓴 바 있다.
매일 글을 쓰지만 책을 내기까지 장구한(?) 세월이 걸린 탓도 있고
또 글이라는 것은 언제나 자기 세계를 드러내는 것이기 때문에,
나는 수시로 서문을 쓴다.
아니, 늘 서문을 쓴다.

설사 출간을 앞두고 있다 해도 서문을 따로 쓸 필요도 없다.
다만, 그 중 하나를 고르면 된다.
특히 2부 나의 히로인 이야기는 통째로 다 서문이다.
안내서이자 스펙(Specification)이자 초대장이자 친절한 연구서.
이른바 신(新)인간 보고서!

또한 1부 신비(妙)어록 이야기는
신비(妙)어록의 본격적인 탄생을 의미한다.
신비(妙)어록이란 신비(妙)라는 일개 개인의 글을 통칭하기도 하지만
무엇보다 신(神)과 인간에 대한 탐구, 인간 삶에 대한 질문과 답으로서
인류 보편의 문제를 담고 있음을 말한다.

신비(妙)어록이라는 명명은 그를 존중한 표현이다.

인간이 그러하듯이, 혹은 사랑이 그러하듯이
누군가의 작품도 한 생명에 비유될 수 있을 것이다.
한 개인의 소유물이 아닌 제 나름의 생명체로써
자기 고유의 운명 또한 있다고 여긴 표현이다.

그렇다. 신비(妙)어록은 인류 공동의 자산이다.
인류 공동의 영역에-더 이상 회피하지않고-정면으로 맞섰음을 의미한다.
이는 저자인 신비(妙)의 운명이나 행보와는 전혀 상관이 없다.
물론 전작(『신비(妙)어록』[2004])이나
현재 운영하고 있는 블로그의 제목도 같다.

당연히 앞으로 쓸 모든 글 또한 신비(妙)어록으로 지칭될 것이다.
하여간 이 서문을 쓰면서도 출간이 정해져 있지는 않다.
다만, 예언하는 것이다.
신비(妙)어록의 의기 가득 장렬한 출간을!
나는 이렇듯 용맹하게 미지의 그대에게 손을 내밀고 있다.

출간을 예언하며 쓴 2013년 2월 5일의 서문

소로우*가 45세의 나이로 세상을 떠났을 때

세상이 그를 알아준 것은 아니었다.

그러나 백년 뒤 그는 나의 히로인*을 만나게 된다.

그들의 역사적인 만남은 소로우에게도 구원이 되었던 것이다.

나는 시간의 지배자!

살아남는 것이 어렵지는 않겠지만

살아남으려 아등바등하지는 않겠다.

스스로를 속이고 뻔뻔하게 머리 굴리며 살지는 않겠다.

기실 내가 할 수 있는 일은 이미 다 했다.

나머지는 세상이 알아서 할 일이다.

*소로우[헨리 데이비드 소로(Henry David Thoreau, 1817~1862)]: 『월든』의 작가, 자신을 '신비주의 자', '초절주의자', '자연철학자'로 묘사한 소로는 극단적인 개인주의와 단순하고 금욕적인 삶에 대한 선호, 사회와 정부에 대한 개인의 저항 정신으로 잘 알려져 있다.
*나의 히로인: 프로필에서 밝힌 바 있듯이 제 삶의 연출자이자 예술가, 또한 꿈과 시간의 지배자이다. 그렇다. 삶은 한 편의 영화다. 그대는 마땅히 그 영화의 주인공이 되어야 한다. 또한 연출자의 시선으로 영화 밖에서 영화를 바라보아야 한다. 그것이 바로 신(神)의 시선이다. 제 삶의 주인공이 되지 못한 자들의 변명으로 점철된 것이 우리네 인생. 그러나 그 변명 아무도 들어주지 않는다. 나의 히로인에게 따로 이름이 없는 것은 그것이 저자의 정체성(단지 페르소나가 아니라 정체성이다) 이기도 하지만 이 글을 읽는 바로 당신의 정체성이어야 하기에 그런 것. 나는 너의 일부분일 수 있고 너는 나의 또 다른 버전이다. 바로 나는 너고 너는 나다, 라는 진리의 역설(표기법 상 '헤로인 [heroine]'이 맞으나 저자의 의도로 '히로인'으로 표기함)

효모가 증식하듯 세상 사람들이 알아서 할 탓이다.
신(神)과 연결되어 있다면 신비(妙)어록은 언제든 공짜다.

씨는 이미 뿌려졌다.
신비(妙)어록은 꾸준히 영감을 생산해왔다.
어지러운 세상에 소나무 하나 심어 놓지는 못했지만
친구의 마음에 연꽃 하나 피웠으니 그것으로 족하다.

소로우 정도면 딱 좋을 것 같다.
요란하고 수선스럽게 살 마음도 없다.
이미 공짜로 다 내주었으니 많은 사람 만날 일도 없다.
어차피 세상엔 진 빚도 없거니와 신에게 진 빚도 거의 갚았다.

그저 지금처럼 내 보물들을 내놓는 것이다.
그것보다 더 한 보물 세상엔 없더구나!
돈이나 권력이 사람을 움직인다고는 하나 마음까지 움직일 순 없고
역사를 뒤바꿀 수 있다 해도 그것은 도도히 흐르는 강물과 같은 법.

보물이라면 영혼의 보물, 깨달음밖엔 없다.

이미 신의 마음을 움직이고 한 사람의 운명을 뒤바꾸어 놓은 것!
자연의 마음결을 움직이고 꿈을 불러들이고 시간을 지배하는 일만 남았다.
신비(妙)어록도 그 자체로 하나의 생명이니 나름의 삶이 있는 것.

나야 언제나 그랬듯 죽림칠현*으로 살면 그뿐,
소로우가 그랬듯 1세기 뒤 멋진 친구 하나 만나면 된다.
그것으로 모종의 사건은 일단락되는 것이다.
세상이 나 같은 사람의 말에 귀 기울이는 것 자체가
이미 세상을 뒤집는 일이므로!

우주에서 신비(妙)

---

*죽림칠현(竹林七賢): 중국 진(晉)나라 초기에 노자와 장자의 무위 사상을 숭상하여 죽림에 모여 청
담으로 세월을 보낸 일곱 명의 선비. 곧 산도(山濤), 왕융(王戎), 유영(劉伶), 완적(阮籍), 완함(阮咸),
혜강(嵇康), 상수(向秀)이다.

 contents

제2부 나의 히로인 이야기

제1부

신비(妙) 어록 이야기

God is cool style

나는 죽지 않는다

중국 은나라는 갑골문자가 발견되기 전까지는
한낱 전설상의 가공 국가일 뿐이었다.
기원전 2600년경 영원한 삶을 찾아 길을 떠난 메소포타미아의 왕 길가메시도
역시 우룩*의 유적과 무덤이 발견되기 전까지는
그저 최초의 문학 혹은 신화 속 주인공에 불과했다.
또한 당나라 때 진리를 구해 17년간 서역 110여 개국을 섭렵한 현장은
〈서유기〉 혹은 〈날아라, 슈퍼보드〉로 화려하게(?) 부활했다.

삶과 드라마와 신화는 둘이 아니다.
꿈과 전설과 일상 또한 둘이 아니다.
삶은 드라마가 되고 드라마는 신화가 된다.
일상은 꿈이 되고 꿈은 전설이 된다.

강물은 흐르는 것이 아니라 하나로 모이는 것!
그 물줄기 하나하나가 모여 큰 바다가 된다.

*우룩(Uruk): 기원전 3000년대 초반 존속했던 메소포타미아 도시 국가.

세월은 흐르는 것이 아니라 차곡차곡 쌓이는 것!
지금 이 순간순간이 모여 하나의 생(生)이 된다.

나는 훗날을 위하여 돈을 저축하지는 않지만
지금 이 순간의 삶을 부지런히 저축하고 있다.
연금이나 보험으로 미래를 대비하지는 않지만
내 삶을 기록함으로써 순간순간을 보상받고 있다.

노후를 위한 대책 따윈 없지만 죽음,
혹은 생의 마지막에 대한 비전은 있다.
어린 왕자처럼 커다란 발자국을 남길 수 있을 진 모르겠지만
친구의 마음에 오롯한 추억 하나 새길 순 있을 터이다.

나에게 산다는 것은 하루하루의 삶을 저축하는 일!
단 한 사람, 나를 증언하고 기억할 이에게 나의 순간을 저축한다.
또 후세의 인연에게 힘을 실어주길 희망하며
내 모든 재산을 끌어 모은다.
그것이 그들에게 내가 줄 수 있는 전부이다.
나는 어마어마한 부자이므로 쉽사리 파산하거나
적금을 해약하는 일 따윈 없을 것이다.

살아 있음을 느끼게 해주는 나의 유일한 놀이는 생에 관한,
당장은 읽히지 못할 글을 쓰는 일.
달콤하고도 쌉쌀한, 깊은 풍미가 있는 나의 사명!
이 얼마나 낭만적인 일인가?

나는 그 어떤 일에서도 내 영감의 포도주만큼
근사한 맛을 느껴본 적이 없다.

책을 내는 일이란, 더구나 인간 존재와 삶에 관한 탐구란
인류공동의 작업이며 공동의 자산이 아니던가!
나는 자주 칩거를 일삼지만 사실 누구보다 사람들과 만나기를 좋아한다.
심지어 후세의 인간과도 나는 만나고 싶은 것이다.
그것이 바로 내가 죽음에의 유혹을 이겨내며 날마다 글을 쓰는 이유이다.
나는 깊고 깊은, 그리고 영원한 만남을 준비한다.
내게 삶은 꿈, 삶은 봄, 아니면 여름 한낮의 짧은 몽상!

내 앞엔 광활한 신대륙이 펼쳐져 있다.
그곳이 광야를 그리워하는 진정한 나의 무대.
늘 거친 황야를 달려야만 편안해지는 나의 영혼이여!
남들이 만들어 놓은 길, 선배들이 닦아놓은 터를
거부하는 것은 당연한 일이 아니겠는가.

나는 단 한 번도 주류에 편승하기를 원했던 적이 없다.
나는 어쩌면 이 세계에 육체를 빚진 사람.
하루 속히 완전한 나의 우주, 나의 고향으로 날아가고 싶을 뿐.
나는 죽지도 사라지지도 않는다.

2008

세상에서 가장 재미있는 일

세상에서 가장 재미있는 일은
뜻이 통하는 사람들끼리 모여
무언가 계획을 세우는 일이다.
그것이 역적모의라면 더욱 좋겠지!
하여간 숙덕숙덕 무언가 재미있는 모의를 하는 것은
그 계획이 성공하고 실패하고 간에
모의 그 자체로 의미를 가진다.
그것이 바로 무언가를 '하는' 것이다.
인간을 살아있게 하고 반짝반짝 빛나게 하는 것!
'하는' 동안 우리는 살아있을 수 있다.

그렇게 복수를 감행하고
모반을 꾀하고 혁명을 꿈꾸는 동안
우리는 살아있지 않을 수 없다.
그러나 무언가를 '하는' 와중에도
때로 살아있음을 느끼지 못할 때가 있다.
우리는 시간이라는 것에 그 혐의를 두곤 하지만

그것을 의식하는 우리 자신이야말로 진범이 아니겠는가?
애초 시간에게는 범행의지가 없었다.

그러므로 길게 늘어진 시간을
임의로 단축할 필요가 있다.
기실 뜻이 통한다고 '믿는' 우리끼리
날마다 인터넷상에 모여 숙덕숙덕 모의를 하는 것이
저 진나라 죽림칠현의 그것과 무엇이 다르겠는가?
유비, 관우, 장비의 도원결의는
촉나라의 건국과 상관없이
그 자체로 하나의 멋진 그림!

수호지의 양산박이 현실공간에서의 아지트라면
신비(妙)어록*은 가상공간의 살롱이라 하겠다.
날마다 세상에서 가장 재미있는 일을 하는 호사를 누리면서도
혹여 그것을 즐기지 못하는 불상사가 있다면
다시 한 번 시간을 컨트롤할 수밖에.
도원결의가 촉나라의 건국으로 이어지기까지의
그 무수한 세월을 기억하기!
세상을 뒤엎고야 말겠다는
큰 뜻을 품었다는 자체로
생은 그 의미를 가지는 것.

*신비(妙)어록(블로그[Blog])이 인터넷상의 아름다움과 진리를 탐구하는 자들의 모임이라는 가정이 필요.

사회의 개혁과 함께 스스로의 개혁 역시 감행할 것!

마침내 시간을 지배하게 되었을 때

우리, 꿈꾸던 바로 그곳에 가 닿을 수 있다.

같은 생각을 하는 사람끼리는 언제나 함께 있는 것.

너와 나는 결코 따로 있지 않다.

거룩한 '지금 이 순간'을 살기!

2008

시간과 공간을 초월하기 1

어렸을 적, 천사가 되어 하늘을 나는 꿈을 꾸곤
가슴이 두근거려 며칠 밤이나 잠을 설친 적이 있다.
구름 속을 유유히 날아다니기도 하고,
때론 멈춰서 그저 허공을 희롱하기도 하며,
아담과 이브가 사랑을 나누던 그 푸르른 낙원을
마치 신이 된 듯 굽어보던 일.
옷자락 펄럭이며, 바람을 느끼며
시린 눈 가느다랗게 뜨고 창공을 가르는 그 기분이란!

상상해보라! 우리도 하늘을 날 수 있다.
날개가 없어도, 슈퍼맨이 아니어도,
꿈속이 아니어도 저 하늘로 뛰어들 수 있다.
나의 영화에 빠지지 않는 장면이 있다면
그건 단연코 비행장면!
김기덕 영화에 물이 빠지지 않듯이
나의 영화에 그것은 아주 의미심장한 장면인 것이다.
슈퍼맨도 아니고 초능력자도 아닌 나의 히로인.

그는 특별한 이유도 없이 그저 유유자적 하늘을 난다.
물론 낮에도 눈을 뜨고 꿈을 꾼다.
광속도로 날아올라 우주를 꿰뚫는 일이
존재를 얼마나 고양시키는지!

사랑은 그 향기에 취해 날아오르는 것.
그 향기 이제 너무 독하다며, 잡은 손 놓지 않는 것이다.
날갯짓을 멈추는 순간 사랑은 땅으로 곤두박질치고 마는 것을.
사랑은 어쩌면 불구덩이와도 같다.
제 몸이 타들어가면서도 그 감미로움에 몸을 떠는 것.
불 속에 뛰어드는 하루살이처럼
그 불길 왜 이리 뜨겁냐고 원망하지 않는 것.

물론 연애나 결혼 따위를 말하는 게 아니다.
그것은 바로 신의 완전성!
우주가 그렇듯 허공은 우리의 고향이다.
유유히 날아다니다 보면 자연스레 신의 마음을 느낄 수 있다.
그리하여 온전히 신과 대면할 수 있다.
인간으로서 비로소 신의 시간에 들어서는 것이다.

그렇게 거인이 되어 시간을 훌쩍 뛰어 넘을 수도 있다.
기쁨이 슬픔으로 전환되는 것엔 약간의 시간이 필요할 뿐,
우리가 기뻐했던 일은 언젠가 반드시 슬픔이 된다.
또한 희망 역시 다름 아닌 절망에서 잉태되는 법.
한순간 기쁨으로 날아오르는 새가 되지도 말고

슬픔의 늪에서 허우적거리는 뱀이 되지도 마라.

단지 그것들에 시간을 부여할 것!

시간은 그를 지배하는 자에게만 특별히

매혹의 마법으로 보상한다.

2007

시간과 공간을 초월하기 2

거인의 발걸음으로 성큼성큼 시간의 강을 건널 것!
허공에서 내려다보면 태산도 준령도 다 한 걸음이다.
다음 세기에서는 자신도 그저 타인일 뿐이다.
스스로에 붙들려있기보단 차라리
시간과 공간을 지배하여야 한다.
자신의 입장에 놀아나기 보단
거인이 되고 신이 되어 생각해야 한다.
아니, 그저 바라보기만 해도 된다.
신이 되어 저 아래의 나를 바라보고
후세의 인간이 되어 또 바라보기.
마침내 알게 될 것이다.
생각은 무엇보다 인간을 위대하게 한다.

인간은 멀리 있는 것을 동경한다.
가까운 곳의 예수와 부처는 멸시되지만
멀리 있는 동족과 노예는 추앙받는다.
예전에 살았던 이와 이미 죽은 이는 미화되지만,

바로 옆에 살아 숨 쉬는 현자는 결코 인정되지 않는다.
바로 시간과 공간에 우리가 매여 있기 때문이다.
그것은 또한 우리에게 어떤 한계로 다가온다.
기실 가까이 있는 것은 결코 가까이 있지 않으며
멀리 있는 것 또한 그리 멀리 있지 않은 것을.

부디 시간과 공간에서 해방되어야 한다.
공간을 훌쩍 뛰어 자유롭게 날아오르고
시간의 터널을 유유히 비행할 수 있어야 한다.
'나' 라는 껍데기를 완전히 벗어버리고
훌쩍 거인이 되어 그 큰 걸음걸이로
성큼 하늘 끝까지 가 닿아야 한다.
사소한 일에 울고 웃는 내가
개미만큼 작아 보일 것이다.

우리는 모두 자기 삶의 주인공.
시간의 노예로 끌려 다니기보다,
공간의 수인으로 갇혀 있기보다,
오히려 그들을 지배하는 영원의 군주가 되어야 한다.
시공의 치하에서 벗어나 당당하게 독립해야 한다.
마침내 자기 삶의 주인이 되어야 한다.
꿈이 있는 사람에겐 고통도 더 이상 고통이 아니며
절망도 절망이 아니다.
삶은 지속된다!

2007

고양이, 투명한 그 눈을 바라보노라면

어쩌면 세계를 초월해버린 눈빛.
투명한 수정체, 자유자재의 동공,
고양이의 눈은 나를 고무시킨다.
신이 빚어놓은 그 절묘한 것은
이루지 못할 나의 열망까지를 담고 있다.
몸조차도 투명하게, 흔적 없이 존재하고픈 열망.

나는 이 세계에 육체를 빚지고 있다.
그 접점이 완벽하게 사라지는 날
나는 새로 태어나는 것이다.
그것은 새로운 버전에의 접점을 다시 가지는 것!
나는 그것을 부활이라 명명하고자 한다.

하여간 인간들이 그 무엇인가에 집착하는 것은
일단 그것에 대해 잘 모른다는 뜻이다.
삶에, 사랑에, 가족에, 또한 결혼이나 자식에
자랑스럽다는 듯 집착하는 이들을 보라.

십 년 뒤 혹은 이십 년, 오십 년 뒤에는
지금과는 전혀 다른 소리를 하는 자들.
깨달음에 집착하는 이들 역시 아니나 다를까
매사에 끈적끈적 들러붙는 스타일이다.

도대체 죽음이 삶과 무엇이 다르단 말인가?
사랑하는 그 사람은 내가 기억하는 한 죽지 않는다.
날마다 얼굴을 봐야 그 존재를 믿을 수 있다면
그것이야말로 진정 슬픈 일이 아니겠는가.
죽음은 슬플 것도, 비극일 것도 없는 그저 삶!
매 순간 삶 속에서 일어나는 그저 그런 일일 뿐이다.
구름모양이 조금 전과 달라졌다고 눈물 흘리는 이가 있을까?

자신의 룰이 없는, 영혼이 빈곤한 자의 연극이 슬프다면 모를까.
날마다 도처에서 참혹한 살인극이 벌어지는 이 세계에서
새삼스레 제 가까운 이의 부재에만 눈물 흘리는 비정함이란.
내가 인간이라면 그런 잔인한 족속들과는 눈 마주치지 않을 터.

시간에, 거리에 비례하는 게 정이고 사랑이라면
차라리 인간도, 신도 없는 곳에서 홀로 살아가리라.
마치 연기처럼, 환영처럼, 도둑처럼!
그리하여 그 어디에도 존재하지 않으리라.
또한 그럼으로써 더욱 강렬하게 존재하리라.

이제는 길고양이라는 이름으로 새로 태어났지만

한때의 도둑고양이는 내게 영감을 주는 이름이었다.

그 이름은 낭만적이며 심지어 관능적이기까지 하다.

그들은 마치 전사 같다.

음습한 들판에서 태어나 어두운 뒷골목에서 살아간다.

인간에게 사랑을 구걸하지 않는 독립적인 세계의 주인,

졸고 어슬렁거리며 언제든 떠나버리는 자유!

인간에게 그러하듯 아마 신에게도 그 권리를 주장할 것이다.

그들의 복수는 퍽이나 매혹적인 방법으로 자행될 것이 분명하다.

고양이를 조심하라!

언제 당신의 마음을 훔칠지 모르니.

2007

단번에 날아오르기

여기 한 단계 진화한 인간,

더 나은 종(種)이 되고 싶다는 과학자가 있다.

열등한 인간으로 남고 싶지 않다는 그의 소망은

몸에 칩을 이식하여 로봇인간이 되는 방법으로 실현되고 있었다.

상대의 신경계가 뇌를 자극하면 그의 생각을 읽는 것이 가능하고,

그런 방법으로 말을 하지 않고도 의사소통이 가능하다는 것이다.

TV 다큐멘터리 프로그램으로 본 그는

하루가 다르게 로봇으로 진화(?)하고 있었다.

고무적인 일이다!

그렇지만 그는 왜 애초에 한 단계만을 원했던 것일까?

단번에 날아오르지 못한다면 실패다.

아기 새도 첫 비행에서부터 힘차게 창공을 가른다.

단번에 날아오를 수 있다.

그것은 바로 진리의 편에, 신의 편에 서는 것이다.

인간은 두 부류로 나눌 수 있다.

신의 편에 선 사람과 그렇지 않은 사람.

진리의 편에 선 사람과 그렇지 않은 사람.
역사의 편에 선 사람과 그렇지 않은 사람.
진보의 편에 선 사람과 그렇지 않은 사람.

순순히 받아들일 수 있는가, 그것이 중요하다!
스스로에게 물을 일이다.
신이라는 집에서 진리라는 옷을 입고
역사라는 친구와 진보라는 길을 걸어갈 수 있는가?
애초에 인간은 신의 재현!
기실 신의 편에 서는 것이 가장 편안한 것이다.
그렇지 않은 사람에게야 아슬아슬하고 무모해 보일지 몰라도
신의 옆자리야말로 가장 따뜻하고 안락한 곳!

우리는 보통 결혼을 하고 내 편이 생긴 것에 흡족해한다.
혹은 권력에 줄을 서고 든든해마지 않는다.
그러나 그 참을 수 없는 얄팍함이란,
또한 그 위태로움이란!
반면 신이라는 후원자가 그 언제라도
든든히 내 뒤를 받쳐주고 있다는 것.
날개가 없이도 하늘을 날 수 있다.
신을 영원히 내 편으로 만드는 것,
그것이 바로 깨달음이다.

신의 편에 선 사람에겐 매 순간이 소통이며 사랑이다.
몸에 칩을 이식하지 않고도 언제든 시공을 초월해 소통할 수 있다.

신의 완전성이 바로 사랑이기 때문이다.

그 사랑을 통해야만 인간은 비로소 소통할 수 있는 것!

우리에게 필요한 건 바로 그것을 가려보는 눈이다.

차라리 깨달으려 애쓰지 말아야 한다.

오히려 깨달음의 세계를 인정하는 자세가 필요하다.

엄마 품을 벗어나면 곧 진정한 세계가 펼쳐진다는 사실!

금 밖으로 나가본 적이 있는가?

그것은 우물 안 개구리가 우물 밖 세상을 보는 것,

온실 속의 화초가 태양과 바람을 구하는 것,

그리고 조롱 속의 새가 세상을 향해 힘차게 비상하는 것이다.

우물 밖에 나가면 새로운 세상이 있다.

온실 밖엔 춥지만 멋진 세계가 있다.

조롱 밖엔 아슬아슬하지만 자유로운 세계가 있다.

인간에게 비참한 일이란 끊임없이 반복되는 일상,

혼미와 그 가운데서도 내달리는 몽유병 같은 삶, 그리고 뻔한 끝!

뻔히 보이는 길은 훈련된 동물의 그것과 다를 바 없다.

이미 정해져 있어 쉽지만, 비참한 굴욕의 길.

허공을 향해 과감히 한 발을 내디뎌야 한다.

그러면 비로소 보이지 않던 다리가 보이기 시작한다.

인디아나 존스가 성배를 찾은 것도

다 절벽 끝에서 한 발을 내디뎠기 때문이다.

길 없는 길이 있다!

그것은 빛으로 된 길, 눈으로는 볼 수 없는 길이다.
눈을 감고 영혼의 발걸음으로 다가가야 한다.
절벽과 절벽 사이, 아무것도 없는 것 같지만 눈부신 빛이 비치고 있다.
아무런 의심 없이 온몸을 던진다면 단번에 날아오를 수 있다.
그렇다면 허공을 유유히 비행하다가
솔개가 병아리를 낚아채듯 매 순간 삶의 정수를 끌어올릴 수도 있다.

'인간은 완전하지 않다' 는 명제를 변명으로 삼는 인간.
나는 결코 그들과 눈 마주치지 않는다.
생존과 짝짓기 외에는 일절 관심 없는 그들의 순수함.
무엇보다 그 자위와 합리화, 그리고 안주가 밉다.
또한 그러므로 완전한 신에게 의존하여야 한다는 발상이 위험스럽다.
인간이 단지 신과 동물의 중간 지대에 사는 것은 아니다.

세상에 확실한 것은 삶뿐이다.
그것은 오로지 신에게만 있는 것!
신을 내 편으로 만들지 않는 한
우리는 그 언제라도 죽은 것이다.

2007~2008

나는 왕이다

나는 왕이다!

사람들이 관우를 좋아하는 것은

그의 오만함 때문이다.

보통 기개라고 표현되는 그것.

그는 무관이었지만

다분히 선비의 캐릭터를 가진 인물이었다.

그 오만함은 조조의 마음을 끝내 받아들이지 않았을 때

단연 빛을 발한다.

혼인을 이야기하는 손권에게

어린 호랑이를 개새끼에게 보내는 법이 있냐며

일갈한 에피소드도 있다.

하지만 나는 그가 겸손한 위인이라고 생각한다.

관제가 오만한 것은 당연한 일이 아닌가!

유비에게 그는 귀여운(?) 아우였고

우매할 정도의 충신이었다.

그만하면 최고의 겸손이다.

나라면 그 누구도 왕으로 섬기지 않을 테니까 말이다.

오래전 나는 내 영토에 나라를 세웠다.

그렇다. 나는 왕이다.

그러나 봉건제도하의 왕 따위가 아니다.

진정한 왕이라면 천자도 신하도 필요 없는 법!

나는 그 누구도 섬기지 않으며

그 어디에도 소속되어 있지 않다.

다만 하늘이 내 왕국의 영토이며,

별들이 내 세계의 백성,

나의 정신이 곧 나라의 법이다.

때로 나의 왕국에 불시착하는 이가 있다.

나는 그들이 자신의 비행선을 고치거나 연료를 채우는 동안

최대한 편의를 봐주는 것을 잊지 않는다.

적어도 그만큼은 친절하다.

가끔, 도착한 그곳의 수려한 경관이나

청량한 공기에 반해 주저앉기를 시도하는 관광객도 있다.

그러나 나의 세계 전체를 둘러보기에

그들의 수명은 한계가 있다.

관광객들은 자신의 불시착 사실을 곧잘 잊는다.

그러나 기억해야 하리라.

신대륙은 어차피 개척자에게만 허락되는 법.

관광객은 그저 사진이나 찍다 가면 된다.

나의 세계는 그 어떤 눈에 보이는 금도, 벽도 없지만

세계 전체를 꿰뚫는 법이 분명 존재한다.

나는 '사람들이 강요하는'

배부른 돼지나 되려고 태어난 것이 아니다.
누가 뭐래도 새처럼 날아다니며
나 자신과의 대화에 골몰할 것이다.
그러나 '선방의 승처럼'은 아니다.
바람처럼 태어났으니
태풍처럼 살다 먼지처럼 사라질 것이다.
명상하기 좋은 날이면 정처 없이 걸어 다닐 것이며,
끊임없는 내 영감을 쉼 없이 길어 낼 것이다.
고구려의 장군처럼 무술로서 몸을 단련할 것이며,
선비처럼 늘 책을 가까이 할 것이다.
세상에 게으름을 전파하고,
미친 짓과 실수를 장려하며,
불법과 부도덕을 조장할지 모른다.
부자들을 등쳐 배우지 않는 학교를 세울지도 모르고,
방송국을 속여 전 세계를 휘젓고 다닐 지도 모른다.

인간은 지나치게 타락했다.
정직한 일탈도 꿈꾸지 못할 만큼,
애초 생의 이유를 잊고 제 영혼을 버려둘 만큼!
"당신이 지구에 온 까닭은?"

2007

함부로 다가오지 마라

나는 사회적 자살자이면서도
끊임없이 다른 세계와의 접촉을 시도하므로
진정한 의미에서의 자살은 아니다.
의도적 자폐증, 꿈과 시간의 지배자!
나는 완강하다.
교육과 제도, 법과 규칙, 조직과 집단, 통제와 권위,
내가 가장 혐오하는 것들에 대해!
나의 욕망은 신랄하다.
조심성 없는 이라면 함부로 다가오지 마라!
날카로운 내 꿈에 언제 베일지 모른다.
인간은 각자 다른 별에 살고 있다.

여기는 시간이 흐르지 않는 땅,
나의 시계들은 멈춰있다.
마치 시간이 흐르기라도 한다는 듯이 의기양양 째깍거리며
온 방을 잠식하도록 내버려 둘 줄 아는가?
나의 세계는 시공을 초월하여 존재한다.

또한 나의 왕국과 신의 사이에는 통로가 있다.

그곳은 광야를 그리워하는 나의 무대.

혼자일 때 더욱 활발하여

영혼은 늘 거친 황야를 달린다.

삼차원에 사는 사람에게

사차원의 말은 존재하지 않는다.

또한 평면의 세상에선

입체의 언어가 통하지 않는다.

언어는 단어와 문장으로 이해하는 것이 아니고

맥락으로만 백 퍼센트 이해되는 것도 아니다.

그저 세계를 뛰어넘는 수밖엔 없다.

세계와 세계 사이에 다리를 놓아야 한다.

그 다리의 재료는 오로지 사랑.

그곳에서 두 다리를 각 세계에 튼실하게 딛고 있어줄,

거인이라도 필요하다.

나의 일은 세계와 세계의 사이에

다리를 건설하는 일이다.

2008

경계 지키기

개인의 영역이 있다.
의존하지 않고, 독립적일 수 있을 만큼의 최소한의 거리.
그 긴장을 유지해야 한다.
끊어질 듯 끊어지지 않는 아슬아슬함.
가야금의 열두 명주 줄, 당겨진 활시위.
그 팽팽한 긴장감을 보라.
밀착된 관계는 서로를 파괴한다.

아슬아슬한 선이 있다.
인간과 인간 사이에 있다.
뜨거우면 늘어지고 차가우면 끊어지는,
각자의 영역을 보호하는 보호선이자
타인과 나를 공히 같은 인격체로 인정하는 독립선,
각자의 법을 수호하는 수호선이 있다.

아슬아슬한 선이 있다.
포즈와 포즈 사이에 있다.

스승과 제자는 없지만 위, 아래는 있으며
예의 따윈 필요 없지만 그것이 무례를 말하는 것은 아니며
오만하되 교만해서는 안 된다.

소리쳐 말하기는 쉬워도
누군가 내게 귀 기울이게 하는 것은 어렵다.
사랑한다 말하기는 쉬워도
그 단 한 사람과 완전하게 소통하기란 어렵다.

사소한 말 걸기에도 미학이 필요한 법.
사랑한다고 하여 일방적으로 다가가면
상대는 꼭 그만큼 뒤로 물러나는 법이다.
다가간 그 만큼 상대의 자유를 침해하는 것.
다가간 그 만큼 상대의 영역을 침범하는 것.

다시 한 번 다가가기를 포기해선 안 되겠지만
그것이 상대의 자유를 침해하는 형태여서는 안 된다.
상대의 영역을 침범하는 형태여서는 안 된다.

마음껏 자유를 누리면서도
타인의 자유를 침해하지 않는 경계가 있다.
온전히 자신을 펼치면서도
타인의 영역을 침범하지 않는 경계가 있다.
상대를 피곤하게 하지 않으면서도
온전히 나를 보여줄 수 있고

그 어떤 표현도 하지 않으면서
완전하게 나를 표현할 수 있다.

아름답게 다가가고 멋지게 떠나야 한다.
뜨겁게 만나고 쿨하게 돌아서야 한다.
담백하게 웃고 투명하게 울어야 한다.

그러므로 우리 예민해지지 않으면 안 된다.
그러므로 우리 섬세해지지 않으면 안 된다.

한 사람과 완전하게 소통하는 일이란 그 얼마나 어려운 일인지,
얼마나 오랜 시간을 기다려야 하는 일인지,
무수한 세월, 우리 그 시간의 주인이 되지 않으면 안 된다.

자신에게 골몰할 수 있어야 한다.
그런 방법으로 타인을 사랑할 수 있어야 한다.
빛의 속도로 살아가는 사람들 사이에서
홀로 깨어 고독할 수 있어야 한다.
마침내 만나야 할 사람을 만나고
눈빛만으로 대화할 수 있는 그날까지
자신에게 온전히 골몰할 수 있어야 한다.
끝내 시간에 잠식당하지 않고
시간을 지배할 수 있어야 한다.

인간과 인간 사이에는 경계선이 있다.

아슬아슬한 선이 있다.

2008

사랑은 정착하지 않는다

사랑은 정착하지 않는다.
나의 세계의 재료 역시 사랑이다.
그러므로 내가 정착할 일은 없다. 특히 인간에겐!
인간이 아니라 나의 세계와 진리 혹은 그것이 신이라 해도
그것에 안주하느니 차라리 세계를 부유하는 티끌이 되리라.

어쩌면 나는 태생적 유목민이다.
아니, '부유(浮遊)인' 이다.
먼지처럼 떠돌아 세계를 섭렵하는 것,
끊임없는 부유, 결정지어지지 않은 것, 이름 없음이 나의 취향이다.
그게 바로 생(生)이라는 매력적인 이름인 것이다.

물론 나도 가끔은 다른 별에 놀러갈 때가 있다.
그러나 편협한 그곳에선 이내 질식사를 당하고 만다.
애초에 오래 있을 곳이 못되었다.
그곳을 빠져 돌아온 나의 세계는 청량하다.
돌아오면 나는 제일 먼저 창을 열고 긴 호흡에 들어간다.

당연하지만 내 세계에는 왕비를 기리기 위해 지은 궁전 따위는 없다.
또한 황제의 권력으로 지은 장성도,
백성들의 피땀으로 만든 도시도 없다.
그저 원시림과도 같은, 오염되지 않은 아름다움만이 존재할 뿐.
나는 나의 세계 최초의 왕인 것이다.

그렇다. 오래전 나는 내 영토에 나라를 세웠다.
그곳은 꿈과 자유와 사랑이 너울너울 춤추는 곳.
또한 게으름과 미친 짓과 실수가 아기처럼 방글거리며 미소 짓는 곳이다.
아니, 어쩌면 무법과 비도덕의 천국일지도!
그러나 세계 전체를 꿰뚫는 법은 분명히 존재하는 곳이다.

그 누구도 쳐들어오거나 더럽힐 수 없는,
마치 소도와도 같이 신성한 곳.
광대하지만 황량하지 않고 원초적이지만 거칠지 않은,
여전히 태곳적 신비를 간직한 매혹의 땅!
나는 그 풍경들의 영원한 주인이다.

마찬가지로 인간은 크든 작든 각자 자기별의 대표!
'나'라고 말하는 것에 정말 '나'만 있으면 안 되는 것이다.
인간이 신이 되는 방법은 의외로 간단하다.
'나'라고 말하는 것에 '나 아닌 것들'을 포함시키는 것.
단지 '나'가 아닌 우주의 대표가 되는 것이다.

나의 진정한 주인이 됨과 동시에 우주의 주인이 되는 것.

물론 신에 도발한 발칙한 자의 이야기이다.
대신 각자는 자신들이 숭배하는 것들로 제 별을 가득 채웠을 터.
과연 주인이란 자는 무엇으로 자기 세계를 채우는가?
바로 내가 인간을 보는 관점이다.

인간은 자신의 신을 닮아간다.
그 사람이 믿는 것은 곧 그 사람 그 자체.
산이 좋아 산에 가서 산이 된 사람이 있듯
인간은 제가 가장 그리워하는 것이 되는 법.
오늘도 나는 엽전처럼 생긴 군상들이 보기 싫어 TV를 꺼버리는 것이다.

나도 이제 세상에 데뷔한 지가 꽤 되었다.
횟수로 따져보아도 이미 신인은 아니다.
당연히 주연상쯤 받을 때가 되었다.
내 인생의 여우주연상을 받고 싶다!
물론 최우수감독상도 결코 양보하진 않겠지만.

나는 내 영화의 주인공이자 감독이기 때문이다.
물론 최종적으로는 최우수작품상을 노리고 있다.
하지만 그 판단은 뒷사람들의 몫이기도 한 것!
내가 날마다 후세의 심사위원들에게 줄
뇌물을 연구하는 이유가 바로 그것이다.

나는 삶의 제사장!
내 영혼이 도달할 그것에 날마다 기도를 올린다.

제물은 반드시 침묵과 고독으로 준비한다.
반면 신은 아침마다 내 창을 두드리는 것으로 하루를 연다.
가끔 신이 나를 편애하는 것은 아닌가, 생각해보기도 한다.

하긴 철없는 아이처럼 만날 매달리고 징징거리지 않으니,
적어도 부담스럽지는 않을 것이 분명하다.
신은 쿨한 스타일이다!
신의 보답에 관심이 없는 이, 그 한 사람을 찾는 것이 신의 고민이다.
그런데도 인간은 제가 얼마나 신에게 부담을 주는지 모르고 있다.

왜 사람들은 시간과 공간을 의식하여 사랑을 질식시키는가?
왜 자신의 무지와 외로움을 사랑이라 가장하고
한사코 상대를 곁에 잡아 두려고만 하는가?
왜 가던 길을 멈추고 주저앉아 편안해지려고만 하는가?
왜 비루한 자신에 만족하는가?

사랑이란 마치 신의 그것처럼 자신의 세계를 완성하는 것.
또한 신처럼 매 순간 깨어 자신을 지켜보는 것.
그리하여 타인에게서조차 진정한 자신의 모습을 발견하는 것.
가까이 있을 때 정작 가까이 있지 않음을 알고
멀리 있을 때 진정 멀리 있지 아니함을 아는 것이거늘!

2008

나의 열등감

삼차원에 사는 사람에게 사차원의 말은 존재하지 않는다.

또한 평면의 세상에선 입체의 언어가 통하지 않는다.

언어는 단어와 문장으로 이해하는 것이 아니고

맥락으로 이해되는 것도 아니다.

그저 세계를 뛰어넘는 수밖엔 없다.

세계와 세계 사이에 다리를 놓아야 한다.

그 다리의 재료는 오로지 사랑.

그곳에서 두 다리를 각 세계에 튼실하게 딛고 있어줄,

거인이라도 필요하다.

말이란 공허하다.

세상엔 남의 말을 들을 준비가 되어 있는 사람이 거의 없다.

사람들은 타인의 세계에 무관심하다.

그것은 물론 자신의 세계가 없기 때문이다.

철학적 소양이 없고, 인간에 대해 기본적으로 무지한 탓!

인간이란 과연 어떠한 존재인지,

그에 대한 진지한 탐구가 예비 되지 않는다면

말은 언제나 그렇듯 타인의 가슴에 가 닿지 못할 것이다.

타인의 세계를 인정할 것!

그곳은 다가갈 곳이 아니라 인식할 곳이다.

제사가 그렇듯 두 세계의 만남은 지극히 성스러운 것이다.

예절이나 형식보다는 진지하고도 성스러운 자세가 필요하다.

그러기 위해선 먼저 자신의 세계가 확고하지 않으면 안 된다.

대화를 시작하려고 주의를 환기시킨 한 마디를 얼른 낚아채는 이도 있다.

그는 끝내 상대가 무슨 말을 하려고 했는지 알지 못한다.

이런 사람과는 대화를 -시작조차- 할 수 없다.

물론 불러도 대답이 없다.

약속 장소에 나오지도 않는다.

그러나 오해할 필요는 없다.

그것은 신용이 없어서가 아니라 자신의 세계가 빈약하여

영영 타인의 세계에 초대받는 것이 불가능하기 때문이다.

나는 학자도 아니거니와,

설명하거나 이해시키려 애쓰지 않는다.

말을 한다는 것은 짜디짠 바닷물을 들이키는 것과 같은 것을!

인간은 대부분 살인자이다.

사는 동안 아마도 수많은 생명을 살해했을 것이다.

연인의 독립선을 침범하여 죽이고 사랑을 구속하여 죽이고,

말로도 죽이고 눈빛으로도 죽였을 것이다.

무엇보다 관계에 안주하여 수많은 '관계' 들을 죽여 왔을 것이다.

당신은 어쩌면 그 분야의 최고수일지 모른다.

사람들이 보기에 아무렇지도 않은 일에 내가 이렇게 살의를 느끼는 것은
그 옛날 내가 수 명의 인간을 살해했다는 증거일수 있다.
나는 지금 이 순간도 나를 살해할 마음을 먹고 있다.

그렇다. 신은 전쟁을 원한다.
태어나고 만발하고 흐드러지고 부딪히고 깨지고,
사라지고 다시 태어나고!
격정에 이끌릴지언정 거짓평화 따위를 원하지는 않는다.
그것이 살아있는 것이다.
위선이 옳았다면 세계는 창조되지 않았다.
그러나 부시의 이라크 침공 따위는 전쟁이 아니다.
진정한 전쟁은 아직 시작되지도 않았다.
아니, 태곳적부터 이미 진행 중이다.
인간은 전쟁의 참맛을 모르기에 평화의 진정한 형태도 모르는 것이다.
눈치 보고 경계하고 파수(把守)서고, 추악한 것을 보면 고개를 돌리는가?
회피가 더욱 끔찍하다.
영혼 대신 차라리 이 사회의 도덕에 올무를 씌워라!

산악인은 마음이 좁지 않다.
정상에 서 보았기 때문이다.
정상에서 아랫동네를 굽어본 경험이 있기 때문이며,
매 순간 목숨을 걸기 때문이다.
천문학자는 편견이 많지 않다.
그들의 마음은 우주에 살기 때문이다.
드넓은 우주 공간을 아우르며

어느새 소소한 일상의 범위를 넘어서기 때문이다.

우주 비행사는 유유자적하다.

그들은 무중력을 경험했기 때문이다.

모든 것 다 버리고 그저 몸뚱이 하나로

신비한 우주의 속살과 맞대면 해보았기 때문이다.

문제는 포지션이다.

정상에 서 본 사람은 다르다.

전체를 책임지는 자리에 있는 사람은

그 눈높이가, 스케일이 다르다.

아니라면 아이라도 낳고 길러볼 일이다.

사사건건 대꾸하고 반항하고, 투정부리고 어깃장 놓는 것이

그 얼마나 철없는 짓인지 혹 알게 될 지도 모르지 않는가?

그러나 아기를 낳아본 이가 반드시 철이 드는 것은 아니며,

죽음을 경험(?)한 이 모두가 새로운 버전의 삶을 살고 있는 것도 아니다.

그 영원한 '순간' 도 모두 꿈처럼 흘려버리는 가공할 기억력.

일찍이 내 열등감은 '인간' 이었다.

2008

그는 매 순간 영혼의 집을 짓는다

오래전 로빈슨 크루소가 되겠다고
고사리 손으로 짐을 꾸렸던 적이 있다.
소풍갈 때 매던 작은 배낭에 짐을 꾸리고 풀기를 수십 번,
이루지 못할 꿈은 그렇게 어린 나를 지배했다.
내 손으로 집을 짓고 먹을 것을 구하고,
옷을 만들어 입는다면 얼마나 멋질까?
꼭 필요한 것 외엔 아무것도 소유하지 않는 생활,
산에서 열매 따고 바다에서 고기 잡는 일상,
날마다 숲 속 곳곳을 탐험할 수 있는 곳,
그곳에서 저녁마다 붉게 타오르는 수평선을 바라보는 일,
아홉 살 즈음의 나는 그런 꿈을 꾸었다.

오랜 연습 끝에 작살 쓰는 법을 익히고
마침내 물고기를 잡았을 때의 그 희열을 상상하면
지금도 온몸에 소름이 돋는다.
한낮이면 깊은 물 속으로 잠수해 들어가고,
특이한 모양의 나뭇잎을 발견하면 그것으로 새 옷을 장만한다.

그렇게 종일을 뛰어다니면 헬스클럽이나 수영장이 다 무슨 소용일까!

소낙비를 그을 좁은 처마조차도 달콤한 것을.

지금도 나는 맨발에 흙을 잔뜩 묻히고 산짐승을 쫓아다니고 있다.

숲 속을 헤매고 다니다 이상하게 생긴 짐승을 만나기도 하고

알 수 없는 표적들을 발견하기도 한다.

물론 그 표적은 한동안 나의 탐구대상이 되는 것이다.

나는 모래사장을 누비고 수시로 물에 뛰어드는 자연인.

어릴 적 그 불가능할 것만 같던 꿈을

나는 그예 이룬 것이다.

대자연의 품에는 그 무언가가 있다.

휘황한 네온사인이 없어도 찬란하게 빛나는 것이 있다.

뜬금없이 시야를 가로막는 전깃줄이나

멋대가리 없는 시멘트 빌딩의 도시에는 없는 그 무엇.

그것은 바로 나 자신을 바라볼 수 있는 먼 풍경이다.

사사건건 가로막힌 도시에서는 먼 풍경을 바라볼 수 없고

또한 바라보기에도 뭔가 그림이 나와 주질 않는다.

자연에는 황홀한 깨달음, 그 자체가 있다.

해가 지면 나도 지고 달이 뜨면 내 안에도 달 하나 뜬다.

산에 가면 산이 되고 물에 가면 물이 된다.

밤이든 낮이든 언제든 좋은 자리를 골라 불을 피우면

나는 또 날아오를 수 있다.

불 속에는 말로 할 수 없는 마력이 있다.

또한 그곳에는 어떤 세계가 존재한다.

불길이 타오르는 동안 나는 어느새

다른 별 다른 시간으로 여행을 떠나는 것이다.

자신이 살 집을 손수 짓는 일은
무인도에서라면 지극히 당연한 일이다.
나는 내 손으로 집을 짓고 있다.
세월이야 가든 말든 하나하나 진흙을 이기고 쌓아,
소박하고도 장엄한 토담집을 지으리라.
나무와 흙과 노동력만으로,
흙으로 만들었다는 것뿐 아니라
내 영혼이 아로새겨진 이유로 진정으로 살아 숨쉬는,
집 안에 있어도 갇혀 있다는 느낌이 들지 않는 자연과 같은 집을.
나와 똑같은 영혼을 가진 집.
뜨개질로 옷을 만들어 입는 것에 비할 수 있으랴!
나는 지금 나만의 무인도에 산다.

오늘도 마당의 매화나무와 석류나무에
여러 종류의 새와 벌들이 온종일 놀다가 간다.
그 어떤 사람이, 하루도 빠짐없이 매일 찾아오는데도 이렇듯 반가울까?

2009. 1. 2 16:18

아무도 모르는 세계가 있다

누구나 자기 삶의 주인공이다.
그러나 대부분의 사람들은 그저
주인공의 친구, 혹은 주인공의 동생처럼 살고 있다
주인공의 친구는 조연이나 단역으로 원래 자신의 삶이 없다.
자신의 룰이 없으므로 자연스레 세상의 룰에 입각하며
주인공에 맞서거나 추종하거나 하여 그저 보조할 뿐이다.
요즘들은 매력적인 조연도 있다지만 조연은 조연일 뿐,
애초에 조연은 주인공이란 존재에 기대므로 포지션이 없다.
혹은 낮은 포지션을 가진다.

그들이 사는 세계는 스킨십의 세계,
몸이 멀어지면 마음이 멀어지는 세계이다.
눈에 보이면 그것이 곧 존재인 세계.
온갖 말로 떠들어대지만 결국엔
서로의 말을 허공중에 날려버리는 곳.
자신의 룰을 가지지 못하여 소통에 이르지 못하고
서로를 찾아 헤매지만 늘 그저 지나쳐 버리는 곳.

사랑타령을 하지만 정작 사랑이 무엇인지 모르며,
어른이 되면 시 한 줄도 쓰지 못하는
이른바 반쪽어른들의 세계.

연인과 헤어진 다음에야 글이 좋아진다는 속설이
그 세계 작가들에게는 있다.
행복하면 글이 안 써진다는 이상한 예술가들의 세계.
스스로를 비련의 주인공으로 밀어넣고서야
비로소 잠시 잠깐 주인공에 빙의되는 이들.
그렇게 쓴 애절한 사랑(?)의 말들은
역시 조연이거나 단역인 대중의 공감을 얻어내는 데
어느 정도 성공하고 있다.

반면 아직은 신비의 땅, 깨달음의 세계는 다르다.
그곳에 사는 사람들은 나이가 들어도 늙지 않으며,
언제든 시공을 초월하여 서로 교감할 수 있다.
물론 죽어도 죽지 않는다.
그들은 신의 완전성으로 소통하기 때문이다.
태초에 그들은 서로를 초대하여 축제를 벌였다.
그들이 서로 친구가 된 것은 다 그 기억 때문이다.
나도 약속을 잊지 않고 매 순간 그 자리에 나가고 있다.
마치 인간들이 잠든 밤,
조용히 빗자루를 타고 나가 집회에 참석하는 마녀처럼!
인간지망생들은 모르는 세계가 있다.
사랑타령이나 하는 자들은 감히 상상도 못하는

그런 세계가 있다.

신에 대한 사랑은 유효기간이 없다.
그들의 축제는 지금 이 순간도 계속되고 있다.
그러므로 그곳의 지성인과 예술가들은
그리지 못해 붓을 꺾거나 쓰지 못해 절필할 일이 없다.
설산의 얼음구덩이에 빠진다 해도 얼음벽에 시를 새길 사람들.
두 평도 안 되는 독방감옥이라 한들 훨훨 날아오르지 못할까!
애초에 그런 운명으로 그 세계에 태어난 사람들이다.

그곳은 순간만이 존재하는 곳.
그리하여 영원이 춤추고 노래하는 곳이다.
그렇게 매 순간 죽고 태어나,
자신에게 늘 새로운 순간을 선사하는 곳.
먼 풍경을 바라보듯 거룩한 눈빛으로
스스로를 바라보는 곳이다.
혼자 있을 때면 온전히 신과 대화하고,
함께 있을 때면 축제를 벌인다.
신의 모든 순간을 공유하므로
그들에겐 매 순간이 소통이며 사랑이다.
사랑은 그들이 함께 온 우주를 날아다니는 것!
걷기보다야 아슬아슬하겠지만 걷는 이는 모르는 짜릿함이 있다.

그렇다. 깨달음은 바로 '사랑' 의 깨달음이다.
'너와 내가 사실은 하나' 라는 숭고한 진리를

절절히 체감하는 것.
말뿐 아니라 실제로 제 가슴 활짝 열어
온 우주를 끌어안는 것이다.
그런 경험을 하면 아니나 다를까,
가슴은 뜨거워지고 온몸엔 열이 끓는다.
태양을 삼킨 듯 황홀한 느낌!
그렇다. 나는 그때 실제로 내가 이 우주를 삼켰음을 알았다.

부디 착각하지 말아야 한다.
사랑이란 스킨십의 세계에는 존재하지 않는다.
그 세계의 그것은 단지 어떤 행위를 말할 뿐이다.
기대하고 질투하고 미워하고,
원망하고 감동하는 일련의 스킨십.
그것은 주인공이 되지 못한 자들의 응석일 뿐
사랑이 아니다.

단언컨대 사랑은 그저 존재한다.
신이 그러하듯 사랑은 영원불변한 것.
신에 도발하고 신과 대화하는
태초부터 지금까지 채 몇 명 안 되는 자들만이 가진
강렬하고도 거룩한 지성의 빛, 그것이 사랑이다.
오늘날 세계의 지성이라 일컬어지는 수많은 사람들이 있지만
그것은 스킨십의 세계에서나 통하는 이야기.
지성은 지식인이 가진 것도,
무슨 박사 나부랭이들이 가진 것도 아니다.

마치 신처럼 사랑으로 충만한,
그들 자체가 바로 지성이다.

확실히 그들은 저 세계에 사는 사람과는 다르다.
그들은 단연코 삶에 바싹 달라붙어 있지 않는다.
수천 번을 만나도 늘 처음 만난 사람처럼 새롭다.
또한 그러므로 내일 다시 만날 것이지만
지금 이 순간이 마지막인 것처럼 아득하다.
권태란 안주하는 자들이 매 순간 들이키는 독약!
설레는 가슴으로는 권태로울 수 없고,
세상 끝에서는 안주할 수 없다.
그들에게 있어 매 순간은 빛이자 꿈이자 설렘이다.

그들은 그렇게 꿈꾸는 눈빛을 가졌다.
또한 말로 못할 그 어떤 느낌을 가졌다.
손을 뻗으면 꼭 그 몸을 통과할 것 같고
눈을 감으면 사라질 것만 같은,
스치기라도 하면 온몸에 그 향내와 빛깔이 스며들 것 같은,
그 푸른빛, 노란빛, 연둣빛, 보랏빛들이
내 몸 구석구석 물들어 뚝뚝 떨어질 것 같은,
멀리 사라지는 뒷모습을 바라보노라면
마침내 이 지구가 풀썩 꺼져버릴 것만 같은!

오로지 한순간에 제 모든 것을 쏟아 부으니 그런 것이다.
그 어떤 미련도 가지지 않고 늘 빈손이니 그런 것이다.

아무런 기억도 없이 그저 투명하니 그런 것이다.

사랑은- 하는 것이 아니다.

그저 신처럼 거룩하게 존재하는 것이다.

우리, 오로지 그 사랑으로서만 소통할 수 있을 뿐이다.

2008

나의 세계에 너를 초대하기 1
- 그것은 사랑

"나의 세계에 너를 초대하는 것만큼 어려운 일은 없어라.
애초에 너도 내 안에 살고 있었다고 말해주지 않겠니?
아니라면 나의 세계는 너의 숨결로 만들어졌노라고,
혹은 너의 세계는 나의 꿈으로 이루어졌노라고 말해주렴!

너도 나처럼 시간을 거스르고 공간을 뛰어넘어 달려왔노라고,
태초부터 지금까지 대기가 되고 바람이 되어 기다려 왔노라고!
이미 오래전 너는 나의 초대에 응했었노라고!
애초에 우리의 만남으로 이 우주가 탄생했노라고!

그렇다면 나는 이렇게 말할 테지.
너는 나를 감싸고 있는 대기이며, 나는 너의 코끝을 스치는 산들바람.
내가 숨 쉬는 대기는 언제나 달콤하고
너는 코끝에 스치는 산들바람에도 감동하지.

너는 나를 뺀 모든 것이며 나를 포함한 모든 것.
내 주위를 감싸고 있는 대기 안에서 나는 언제나 자유롭고
나는 너와 함께 있지 않을 때 오히려 함께임을 느끼지.

너는 나의 사랑이자 삶, 그 자체!

이대로 내가 죽어 흙이 되고 먼지가 되어도,
너와 내가 이 우주에 존재했었다는 사실 하나로
이 우주는 그 존재 의미를 다했으며,
나 또한 내 생의 의미를 다했노라고!"

그러므로 사랑은 헤어져도 헤어지는 것이 아니다.
날마다 같은 풍경을 보고 같은 꿈을 꿀 수 있다면
그것을 어찌 이별이라 부르겠는가?
사랑이란 각자 서로를 찾아 헤매다 지칠 일이 없는 것.

사랑이 이 우주에 존재한다는 이유만으로
우리는 가슴 가득 '사랑' 일 수 있어야 한다.
그렇다면 사랑은 내 명의로 따로 이전하지 않아도
영원히 나의 소유인 것.

그럴 수도 없지만, 누군가 빼앗아 간다고 해도
나의 몫은 조금도 줄어들지 않는다.
우리는 공히 이 우주의 주인이기 때문이다.
사랑의 주인이기 때문이다.

한 사람이 또 한 사람을 사랑하는 것은
그 사람이 세계를 사랑할 힘을 주는 것과 같다.
사랑이 없다면 신에게로 가는 통로 역시 없는 것이다.

그러나 사랑, 그것에 주저앉아서는 결코 신을 만날 수 없다.

기실 우리는 사랑만 만났다 하면
그 자리에 주저앉기를 시도하지 않는가?
아니, 애초에 안주하려는 목적으로
사랑을 욕망하지 않는가?

슬퍼한다.
그런 것들은 결코 사랑이 될 수 없음을.
그러므로 내 삶 전체에 걸친 테마는
단연코 긴장!

사랑은 마주보는 것인가,
혹은 함께 한 곳을 바라보는 것인가? 라는 논의가 있을 수 있겠다.
그러나 그것은 마치 에로스와 아가페, 어느 것이 진정한 사랑인가?
라는 물음과도 같은 것.

나의 전부로 너의 전부를 만나기.
그러나 결코 상대의 전부를 탐해서는 안 된다.
깨달음이 그렇듯 사랑은 생명 그 자체.
욕심을 내는 순간 사랑은 죽어버리고 마는 것을.

사랑의 세계에도 역시 찰나만이 존재하는 것이다.
매 순간 살아 숨 쉬지 않으면 안 되는 그것.
그런 의미에서 사랑은 꿈이다.

'아차' 안주하는 순간 꿈은 파도처럼 부서져 버린다.

끊임없이 진화하지 않으면 안 되는,
매 순간 반짝반짝 살아 있지 않으면 안 되는,
지금 이 순간이 처음이자 마지막이어야 하는 그것!
그것이 사랑이다.

또한 한 사람을 사랑한다는 것은
그 사람의 세계를 여행하는 것과 같다.
보통 그것의 유효기간이 짧은 것은
각자의 세계가 협소하기 때문!

아기를 낳는 것에도 한계가 있는데
어떻게 지속적으로 '살아 있음'을 유지할 것인가?
문제는 자기다움!
자기만의 고유한 세계가 있어야 한다.

사랑은 마주 보는 것과 동시에 함께 한 곳을 바라보는 것.
자기 고유의 세계가 없다면 마주 보는 것에도 한계가 있고
꿈과 이상이 없다면 함께 바라볼 곳이 없다.
하물며 서로를 탐하기만 한다면 서로를 소진할 뿐.

자기 세계가 확고한 이는 타인에게 잘 보이기 위해 연극하지 않는다.
그것은 제 꾀에 제가 넘어가는 것!
"너답지 않게 왜 그러냐?" 누가 나중에 물을 일도 없고

"나다운 게 뭔데?" 새삼 기가 막힐 일도 없다.

나의 히로인은 꽃으로 치자면 화려한 장미도, 저 들판의 야생화도 아니다.
굳이 말하자면 인적 없는 사막에 홀로 피어
뜨거운 태양과 거친 모래바람을 견뎌낸
사막 선인장의 꽃쯤이 아닐까?

스무 살 시절
내가 얼마나 예뻤었는지를 기억해주는 친구가 있다는 것은,
분명 기분 좋은 일이다.
그러나 부디 거기에 만족하지 말아야 한다.

나의 화려했던 시절은 모르지만
'지금 이 순간'의 내가 얼마나 찬란한지
그 보이지 않는 것까지 볼 수 있는 이가 있다면
그것이야말로 가슴 떨리는 일!

우주 구석구석을 함께 날아다니는 낭만적인 모험을 하라.
위태롭지만 짜릿하고 날마다 스러지지만 더 크게 날아오를 수 있다.
사랑은 찰나의 축제, 혹은 불꽃놀이.
매 순간 살아 있으려면 매 순간 죽고 다시 태어나야 한다.

그러므로 날마다 벼랑 끝에 서 있다는 것은 크나큰 축복!
어떤 사람들은 으레 내가 상처 받지 않을 거라고 여기지만
내가 상처를 받지 않을 거라고?

아니다. 난 그 분야에 있어선 타의 추종을 불허한다.

다만 다른 것이 있다면 그것이 외부로 드러나지 않고
그 책임을 타인에게 전가하지 않는다는 것뿐이다.
나는 날마다 스러진다.
그리고 날마다 다시 태어난다.

그저 내 심연의 헛바닥으로 그 화인과도 같은 상처를
부지런히 핥아댈 수 있을 뿐이다.
찢어지고 벌어진 살덩이를 부여잡고
밤을 새워 통곡을 할 수 있을 뿐이다.

나는 눈물도 흐르지 않는데
날마다 운다.
해가 지면 나도 지고,
해가 뜨면 그제야 나도 뜬다.

2008

나의 세계에 너를 초대하기 5

"가끔 그런 생각을 한다.

순간순간 스쳐 지나는 생각까지도 닮았다면,

그렇다면 혹시라도 너는 나의 전생이 아닐까?

어쩌면 나는 너의 영혼*이 아닐까?

늘 함께 있지 않아도 백 퍼센트 소통할 수 있다면

그 누구보다 더 가까이에 있는 것이며

함께 살고 있는 것이나 다름없는 것!

그렇다. 너는 그저 나의 가슴 속에 살고 있는 것이 아니라,

내 주위의 모든 것에 깃들어 있다.

아니, 나를 포함한 그 모든 것이 바로 너다.

또한 나는 단지 너의 머릿속을 맴돌고 있는 것이 아니라

네 주위의 모든 것들을 감싸고 있다.

아니, 너를 포함한 그 모든 것이 바로 내 안에 있다.

그렇게 우리는 서로에게 속해 있다.

애초에 우리는 하나였다."

*신비(妙)어록에서의 '영혼'은 죽은 사람의 넋이나 혼령이 아니라 '정신 차례!' 할 때의 정신

우리의 영혼은 일정부분 서로 포개어져 있다.

사실 너와 나의 경계는 지극히 모호하다.

육체만으로는 너와 나를 가를 수도 없다.

육체는 결코 영혼의 집이 아니다.

오히려 영혼이 육체의 집.

말하자면 우리의 영혼에 육체가 잠시 깃든 것!

과연 어디까지가 너이고 어디부터가 나이겠는가?

바운더리로 치면 사실 전부 나라고 해야 정답이다.

너는 애초부터 내 안에 속해 있었다.

너를 굳이 구분해내지 않아도 된다.

마치 검의 달인이 검을 제 몸의 일부로 느끼듯

나는 애초부터 온 우주를 내 몸으로 여겨왔다.

내가 일개 인간에 관심이 없는 이유는

새삼스레 내 솜털 하나에 관심을 두지 않는 것과 같다.

발톱 하나를 따로 사랑하지 않는 것과 같다.

나는 내 솜털이나 발톱이 아니라 내 전부를 사랑한다.

신 역시 일개 인간에 관심이 없다.

당연히 제 살점들을 일일이 사랑하지 않는다.

인간들이 살점이 아니라 그예 존재로 나아가야 하는 이유이다.

털 하나, 살점 하나는 존재로 치지 않는 까닭이다.

그런 의미에서 너의 바운더리(boundary)는 너무나 협소하다.
네가 단번에 쑥쑥 자라지 않는 한
너는 어차피 나의 교집합일 뿐,
우리의 합집합은 애초부터 의미가 없었다.

아니, 사실은 대개의 합집합이 의미가 없다.
서로의 바운더리는 우주의 이쪽 끝과 저쪽 끝으로 나뉘어져 있다.
각자의 바운더리는 너무나 초라해서
서로의 멀기가 우주의 크기와 맞먹는다.

인간들이, 함께 있어도 외롭다고 징징대는 이유이다.
과학자들이 아직도 우주의 크기를 가늠하지 못하듯
너도 너의 가족이나 연인과의 거리를
차마 측정할 수 없다.

그러나 네 바운더리를 단번에 우주만큼 확장한다면
너의 그 볼품없는 육체도 특별한 의미를 지닐 수 있다.
우리 서로의 바운더리가 일치하기만 한다면
우리는 서로 다른 은하계에서도 서로를 볼 수 있다.

느낄 수 있고 만질 수 있다.
완전한 전율로써 교감할 수 있다.
그것은 실로 기적적인 만남.
허공이라는 메신저가 네 육체를 대신하는 것이다.

그럴 때에 우주는 오롯이 네 영혼에 깃든 네 육체가 된다.
비로소 다른 별에 있는 나를 느낄 수 있다.
아니, 태초부터 오로지 너를 기다려온 나를
마침내 대면할 수 있다.

만질 수 있고 안을 수 있다.
눈을 맞추며 얘기하듯 정신만으로 대화할 수 있다.
서로를 감싸고 영혼의 왈츠를 출 수도 있다.
네가 단번에 우주만큼 장대해진다면 말이다.

너라는 존재, 존재 그 자체로 나아갈 수 있다.
비로소 너의 생, 의미를 지닐 수 있다.
우리의 만남, 우주의 무게만큼 절대적일 수 있다.
그럴 때에 우리 서로에게 우주를 선물할 수 있다.

2009. 8. 12 04:07

신은 우리 사이를 걸어 다닌다 1

신은 언제나 우리 사이를 소리 없이 걸어 다닌다.

마치 숨바꼭질하는 어린 아이처럼,

도도하여 오히려 상처받기 쉬운 여인처럼,

바로 우리가 최고의 탐험가가 되지 않으면 안 되는 이유이다.

부디 기복하지 말고 발견하라.

신은 섬겨야 할 대상이 아니라,

발견하고 사랑하고 하나 되어야 할 존재이다.

2010. 6. 3 15:02

신은 우리 사이를 걸어 다닌다 2

쇼핑몰이나 극장, 대공원, 혹은 인적 드문 오지라도 좋다.
언제 어디서든 긴장을 늦추지 말고 깨어 있으라.
마치 비밀 업무를 수행하는 스파이처럼,
남들은 모르는 것을 혼자만이 아는 듯한 그 눈빛!
그의 성별은 사랑, 직업은 창조, 나이는 영원.
어쩌면 당신도 발견할 수 있을 것이다.
신은 언제나 우리 사이를 그렇게 걸어 다니니까.

2010. 6. 3 15:46

신은 우리 사이를 걸어 다닌다 3

히말라야나 티베트에서는 누구나 신을 느낄 수 있다.
오묘한 자연의 법칙이나 과학적인 우주의 논리 역시
신을 부정할 수 없게 만드는 많은 것들 중 하나이다.
또한 끊임없이 진보하는 역사의 방향성을 보더라도
신이 우리를 한시도 놓치지 않고 있음을 알 수 있다.
우리는 그의 거대한 작품 앞에서 언제나 압도당한다.

그렇다! 인간은 어쩌면 그토록 작고 보잘 것 없는 존재.
그러나 과연 그럴까? 대답은 역시, '아니다!'
그 어떤 우주의 원리보다 인간 존재만큼 신을 증명하는 것도 없다.
가장 섬세하고도 거대하며, 신비하고도 감동적인 존재.
마치 인간이 되기를 꿈꾸는 로봇처럼,
그리하여 마침내 인간의 친구가 된 한때의 인공지능머신처럼,

신을 의식하는 인간, 신이 되기를 꿈꾸는 인간,
끊임없이 앞으로 나아가고자 하는 인간.
그 인간 자체가 바로 신을 증명하는 것이다.

인간이라는 존재, 그 자체가 바로 희망이다.
인간이 있다는 것은 희망이 있다는 것,
희망이 있다는 것이 바로 신의 존재를 말하는 것이다.

우리가 당면한 고통이나 절망은 희망의 또 다른 이름이다.
그것으로 인해 우리는 -희망의- 인간으로 다시 태어나는 것!
그저 아무렇지도 않은 일상 속에서도 신을 느낄 수 있어야 한다.
단지 인간이 이 우주에 존재한다는 사실, 그것 하나면 충분하다.
신은 정말 우리 사이를 아무렇지도 않게 걸어 다닌다.
마치 절망의 한가운데에서만이 오롯이 피어나는 희망처럼.

2010. 6. 4 10:51

신은 우리 사이를 걸어 다닌다 4

신의 에너지보다는 짐승의 기운이 넘쳐나는 세상.
신도 가끔은 이 우주를 폭파해버리고 싶을 것이다.
다만 그렇게 하지 않는 이유가 있다면,
단언컨대 그것은 신을 의식하는 인간,
신이 되기를 꿈꾸는 인간 때문이다.
당신을 알아주는 친구 하나 때문에
당신이 오늘도 하루를 살아내는 것과 같다.
스스로 신의 고민을 짊어진다면
신은 당신으로 인해 오늘도 힘을 낸다.
신은 정말 우리 사이를 걸어 다닌다.
바로 이 우주의 희망, 인간의 친구와 함께!

2010. 6. 11 11:16

신은 우리 사이를 걸어 다닌다 5

70억 분의 1만큼 고독하기!

고독을 두려워 말고 혼자 남는 것을 기꺼워하라.

그것이야말로 신의 곁에 갈 수 있는 유일하고도 절대적인 기회이다.

신은 당신이 가장 고독할 때 당신 곁에 온다.

아직도 신을 보지 못했다면 당신은 결코 고독하지 않은 인간.

신은 우리 사이를 걸어 다닌다.

자신의 크기만큼 고독하게.

기회가 된다면 그의 옆을 조용히 걸어 볼 것.

어쩌면 당신도 그에게서 동지의식을 느낄 수 있을 것이다.

2010. 6. 11 11:31

신은 우리 사이를 걸어 다닌다 6

중요한 것은 신은 늘 우리 옆에 있다는 것!
예배당이나 명상센터에만 있는 것이 아니다.
고해성사를 하거나 기도할 때만 나타나는 게 아니다.
그런 만큼 우리는 늘 신을 의식하고 있어야 한다.
언제 어디서든 신 앞에서 당당해야 하며,
인간으로서의 부끄러움 역시 없어야 한다.
그런 의미에서 제 복이나 비는 기복만큼
염치없고 부끄러운 일도 없다.

2010. 8. 9 14:23

우주에서 나를 내려다보기

자기중심적 사고를 버리고 스스로를 객관적으로 바라보는 방법은
"우주에서 지구를 내려다보기."

또한 작은 일에 휘둘리는 자기 자신을 넘어서는 방법은
"1세기를 훌쩍 뛰어넘어 이미 존재하지 않는 채로 생각하기."

2010. 12. 9 20:25

일상 탈출하기 혹은 탈출 일상화하기

베스트셀러 작가가 된다.

상어와 함께 헤엄친다.

맨손으로 물고기를 잡는다.

악기를 배운다.

전시회에 작품을 출품한다.

스테이지 다이빙*이나 크라우드 서핑*을 한다.

분장실에 들어가 위대한 록 스타들과 친분을 쌓는다.

열기구를 타고 하늘을 난다.

번지 점프를 한다.

스카이다이빙을 한다.

5성급 호텔의 최고급 스위트룸에 묵는다.

무중력 상태를 경험한다.

북극광을 본다.

나만의 칵테일을 만든다.

좋아하는 TV 프로그램에 출연한다.

*스테이지 다이빙(stage diving): 〈로커가〉 (공연 도중에) 무대 아래로 뛰어내리기
*크라우드 서핑(crowd surfing): 〈로커가〉 (공연 도중에) 군중 위로 누워서 파도타기 하듯 이동하기

성냥 없이 불을 피운다.

야생 동물을 관찰한다.

예전 애인 혹은 배우자와 친구로 지낸다.

지도에 다트 핀을 던져 핀이 꽂힌 지역으로 여행을 간다.

스쿠버 다이빙을 한다.

소젖을 짠다.

다른 언어를 배운다.

자기 분수에 넘치는 비싼 물건을 산다.

좋아하는 곳에서 산다.

마음에 안 드는 직장을 그만둔다.

경찰의 용의자 확인 과정에 참여한다.

짓궂은 장난으로 남들을 골탕 먹인다.

전국지 1면을 장식한다.

전속력으로 차를 몬다.

술집이나 바에서 '내가 한잔 살게!' 라고 외친다.

다른 사람의 목숨을 구한다.

사전에 등재될 만한 새로운 단어를 만든다.

비행기 조종법을 배운다.

문신이나 피어싱을 한다.

새로운 것을 발명한다.

천문학을 배워 밤하늘 별자리를 읽는다.

빈티지 와인을 마신다.

해변에서 크리스마스를 보낸다.

자기 집을 직접 짓는다.

한밤중에 알몸으로 수영을 한다.

쓸모없는 물건을 전부 이베이에 내다 팔아 돈을 번다.

마라톤을 완주한다.

두려움을 극복한다.

인스턴트식품은 그만 먹고 요리를 한다.

우리가 미처 생각하지 못했던,

죽기 전에 꼭 해야 할 일이라고 한다.

작가(혹은 편집자?) 자신이 말하기를,

이는 일탈에 가깝거나 엽기 발랄한 도전이라고 하니

아, 슬프다!

역시나 대다수의 사람들은

평소에 거의 하지 못하는 일이라는 말일 터,

그렇다면 사람들은 도대체

얼마나 재미없고 한심한 일상을 살고 있다는 말인가?

그렇다, 사람들은 그동안 감옥과도 같은

그 무엇에 갇혀 살고 있었던 것이다.

다름 아닌 법률과 규칙, 인습과 제도,

습관과 관성, 그리고 평판과 두려움.

말하노니 부디 감옥으로부터 탈출하라.

당신은 자유다!

You are free!

2010. 12. 16 17:33

인간이 외로운 이유는

당신이 외로운 이유는
사람들이 당신 곁을 떠나기 때문이 아니라,
당신 자신이 스스로를 통제하지 못하기 때문이다.

당신이 외로운 이유는
사람들이 당신을 알아주지 않기 때문이 아니라,
당신 자신이 스스로를 믿지 못하기 때문이다.

당신이 외로운 이유는
사람들이 당신을 사랑하지 않기 때문이 아니라,
당신 자신이 스스로를 귀하게 여기지 않기 때문이다.

그러므로 생각하라!
당신도 태양이 되고 빛이 될 수 있다.
그동안 스스로를 죽이고 있었다는 사실을 직시한다면!

2010. 12. 20 18:25

88

인간은 자연

도시의 야경이나 잘 만들어진 공원이 아름답다고는 하나,

산골 오지 마을의 황폐한 겨울 들판에는 미치지 못한다.

잘 가꾸어진 식물원과 꽃들이 아름답기로서니,

산속 오솔길에 오롯이 피어난 들꽃에 비할 수 있을까?

인간은 자연의 사자(使者)!

우리는 날아다니는 철새뿐 아니라,

강가에 내려앉은 백로의 우아한 몸짓을 바로 코앞에서 보아야 한다.

동고동락하는 애완동물뿐 아니라,

깊은 계곡에서 생에 한 번 볼까 말까 한,

빛나는 털을 가진 담비도 보아야 한다.

수시로 담장 위나 마당을 어슬렁거리는 길고양이뿐 아니라,

작은 소리에도 놀라 껑충껑충 숨어버리는 고라니도 보아야 한다.

강물 속에서 수영하는 개구리강사의 시범도 직접 보아야만이

세상에서 가장 아름다운 개구리헤엄을 칠 수 있다.

인생을 알려면 누구나,

반짝이는 양탄자 같은 밤하늘을 올려다보며

아이처럼 홀딱 벗고 수영을 해보아야만 한다.

당신도 당장 책이나 TV에서 뛰쳐나와 자연으로 돌아가야만 한다.

Human being is a messenger of nature!

2010. 12. 31 09:00

창조주처럼 생각하라

"마치 창조주처럼 우주에서 나를 내려다보기!"

이는 인간으로서 죽기 전에 꼭 해야 할 일이다.
아니, 매 순간 잊지 않고 기억해야 할 것이 있다면 바로 그것이다.
인간은 그저 작고 보잘 것 없는 존재도 아니며,
단지 이 사회, 이 나라, 이 지구의 구성원만이 아니다.
창조주처럼 생각하고 행동하라!
그렇다. 그것은 당신이 인간으로서 꼭 해야만 하는 일이다.

Think and act like the Creator!

2011. 1. 6 21:33

1세기를 훌쩍 뛰어넘어라 1

나의 정신은 늘 1세기를 훌쩍 뛰어넘어
100년 혹은 200년 뒤의 미래를 넘나든다.
내 생의 답은 언제나 거기에 있다.
특히 삶을 계속 이어갈 용기가 필요할 때,
문득 못난이처럼 소심해지려 할 때,
더 이상 내가 숨 쉬지 않는 먼 미래
그리고 '후대가 기억하는 내 모습'은
내게 마녀처럼 씩 웃으며 거침없이 쿨할 수 있는 힘을 준다.
난 늘 후대에게 힘을 주리라 생각하고 살지만,
사실 힘을 얻는 쪽은 언제나 나였던 것이다.

Skip a century with a long step!

2011. 1. 7 09:30

1세기를 훌쩍 뛰어넘어라 2

100년 뒤, 200년 뒤, 혹은 천 년 뒤!
당신이 사라지고 없을,
그 장구한 세월을 생각하라.
우리가 상처받는 대부분의 일들은 먼지처럼 아주 사소한 것들이다.

2011. 1. 7 10:00

영혼의 다이어트를 하라 1

나이가 들면 우리의 피부처럼 사고도 탄력을 잃는다.

발랄하고 풋풋했던 생각은 각종 편견과 권위의식으로

그 싱그러움을 잃고 쭈글쭈글 징그러워진다.

처진 볼처럼 독선이 흘러내리고

늘어진 뱃살처럼 아집도 덕지덕지 달라붙는다.

얼굴과 몸 곳곳에 생겨난 검버섯과 주름처럼

우리의 뇌와 가슴도 추하게 늙어버리는 것이다.

그러므로 우리, 팽팽하게 긴장하지 않으면 안 된다.

용암처럼 흘러내리는 흉측한 살들을 제때에 잡아주지 않으면 안 되듯이

당신의 썩고 문드러진 정신도 하루빨리 탄력을 되찾지 않으면 안 된다.

그러므로 다이어트 하라!

당신이 아직 청년이었을 때는

당신의 정신도 젊은 육체만큼이나 연한 핑크빛이었다.

싱그러웠던 젊음을 되찾아라!

매 순간 지구를 밀어내고 Leg Press

우주를 들어 올려서라도 Dead Lift

당신 정신은 언제나 젊음을 유지해야만 한다.

The diet of the soul!

2011. 1. 10 10:00

영혼의 다이어트를 하라 2

우리의 정신에도 근육이 필요하다.
체지방을 빼듯 편견과 선입견을 없애고
탄탄하고 매끈하게 근육을 키우듯
우리의 정신도 단단하게 내실을 다져야 한다.

운동을 하지 않으면 근육양이 줄어들듯이
정신도 단련하지 않으면 긴장이 풀어진다.
그리하여 넘어지기만 해도 골절상을 입듯이
근육 없는 정신은 사소한 일에도 내상을 입는다.

우리의 삶이 삶 아닌 것들로 가득차고
오히려 삶 아닌 것들이 삶을 지배하여,
정작 삶을 살면서도 삶 자체를 살지 못하는 것은
늘어지고 쳐진 살들처럼 결코 아름다울 수 없다.

그러므로 운동하라!
탄력을 잃고 느슨해진 영혼을 긴장하게 하라!

우리의 정신은 다져진 근육처럼 단단해야 하며,
우리의 삶은 오로지 삶의 정수만으로 가득차야 한다.

The weight training of the soul!

2011. 1. 11 11:17

외롭다면

외롭다면 장기기증을 하라!
11명의 귀한 내 사람과 함께 생을 살아가게 된다.

진정 외롭다면 깨달음을 얻어라!
신의 고독을 함께 짊어진 신의 동지가 된다.

그래도 외롭다면 후대를 살고 후대에 의해 죽어라!
시간과 공간을 초월하여 매 순간 전 인류와 함께 살아나가게 된다.

그러므로 만약 당신이 외롭다면
그것은 당신이 그 누구와도 함께하지 않는다는 반증이다.

누군가와 함께 한다면 그들의 생명력이 곧 당신의 생이 된다.
그들의 생이 곧 당신 생의 의미가 된다.

누군가와 함께 한다면 혼자가 아니라
수많은 다른 '나' 와 함께 세상을 헤쳐 나가게 된다.

2011. 1. 13 11:34

너를 정착하게 하는 것

내가 바라는 것은 행복이 아니라
보다 완전한 '지금 이 순간' 이다.
어차피 행복이라는 것은
어느 한순간 스쳐 지나는 느낌에 지나지 않을 뿐 아니라
행복의 한 가운데에서는 느낄 수 없는 것이다.

행복이란,
안락한 생활에 젖어있는 귀부인의 것이 아니라
빗발치는 포탄 속 전장에서
잠시 하늘을 이불 삼아 누웠을 때,
그 찰나에나 느낄 수 있는 지독스레 희미한 감정이다.

안정된 그 속에 오히려 불안이 있다.
정착한 그 가운데에 도리어 방황이 있다.
내가 어디에도 정착하지 않고 먼지처럼 떠돌고 있는 이유이다.
나는 그 어디에도 정착하지 않을 때에,
벼랑 끝에 서서 아찔한 질주를 할 때에 비로소 안정감을 느낀다.

내 세계 곳곳을 날아다니며
내가 봐야 할 것들을 보고 느껴야 할 것을 느낄 때에야
아찔한 충만함을 느낀다.
그럴 때 비로소 내 가슴,
고요해지기 때문이다.

고요야말로 내 삶의 원동력이기 때문이다.
그러려면 내 고요를 깨는 것들을 미워해야 한다.
내 순례를 방해하는 것들을 경멸해야 한다.
나를 정착하게 하는 것들을 경계해야 한다.
삶을 삶 아니게 하는 것들에 냉정해야만 하는 것이다.

2011. 2. 9 14:53

깨달음을 앱(App)하라

나의 히로인은 21세기의 로빈슨 크루소이다.

군더더기라곤 없는 심플한 삶.

그는 가난한 것이 아니라 꼭 필요한 것만 소유한 것이다.

외로운 것이 아니라 신의 고독을 함께 하는 것이다.

그저 명상가가 아니라 광대한 자기 세계가 있는 것이다.

인간의 존엄이란 무리 짓는 것과는 별개.

무리 짓는다고 강력해지는 것이 아니며

무리의 우두머리라고 존엄한 것도 아니다.

존엄이란 오로지 그 영혼의 각성에 달려있을 뿐,

오직 깨달음에 있을 뿐이다.

여기 일찍이 신의 길을 가는 자가 있다.

그 자신, 인간이지만 이미 선언한 바 있다.

인간들 틈에 뭉그적거려서는 결코 신과 통할 수 없다.

가장 높은 곳에 홀로 깨어 있어야 신의 소리를 들을 수 있다.

그 가슴, 여명처럼 고요할 때에 비로소

제 소리를 신에게 전달할 수 있다.

솔직히 세상은 타성에 젖어 있다.
커다란 죽음이 아니면 사람들은 깨어나지 않는다.
첨단과학이 세상을 바꾼다고는 하나 깨달음 없이는 불가능하다.
꿈을 가진 청춘들이 단지 생존경쟁이 아닌,
깨달음을 베이스(base)로 한 삶 그 자체로서의 삶을 추구할 때에
비로소 개혁은 이루어진다.

깨달음은 그 모든 것의 시작.
어느 분야든 최고가 되고 싶다면 당연히 '깨달음' 이다.
신제품을 개발하거나 새로운 기획을 할 때에도 발상의 전환이 필요한 법!
달마 시대 이후로 바야흐로 새로운 깨달음의 시대가 온 것이다
눈 감은 사람들이 미처 그 실체를 확인하지 못했을 뿐,
깨달음은 21세기를 사는 우리에게 꼭 필요한 기본 어플이다.

젊은이들이여! 깨달음을 앱하라.
어디서도 보지 못한 신세계를 보게 될 것이다.
마침내 신대륙을 발견한 콜럼버스가 될 것이다.
발상을 전환하라! 구대륙에서 경쟁할 것이 아니라
당당하게 신대륙으로 건너가 새 왕국을 건설하는 거다.
신대륙은 무인도가 아니라 새로운 인류 문명의 발상지,
나의 무인도가 바로 그 깨달음의 신대륙이다.

Application the Great Awakening of the God!

2011. 2. 11 13:05

각성된 시민의 힘

오바마가 대통령이 된 것에 의미가 있다면 그것은
흑인들의 각성을 이끌어내는 계기가 됐다는 것이다.
튀니지나 이집트, 리비아의 그들은 오바마 때문에 자존감을 얻었다.
벤 알리나 무바라크, 카다피 정권의 붕괴는
오바마의 대통령 당선과 불가분의 관계에 있는 것이다.
독재 정권의 붕괴는 권력이나 폭력이 아니라
각성된 시민의 힘이 이루어낸 쾌거라는 사실!
나의 히로인도 마찬가지다.
세상이 그의 이야기를 듣는 그 자체로
세상 모든 약자들은 큰 배경을 하나 얻게 되는 것이다.
아름다운 세상이란 어떠한 경제력이나 정치력이 아니라
각성된 시민의 힘에서 나온다는 사실,
오로지 깨달음에 있다는 사실이다.

2011. 2. 21 14:45

인간의 매력을 탐구할 것

더 이상 궁금증을 유발하지 않는 사람은 매력이 없다.
그러므로 그 눈빛에 많은 것이 담겨 있어야 한다.
자기 속을 죄다 쏟아내는 사람은 매력이 없다.
그에 대해 더 이상 아무것도 알고 싶어 지지 않기 때문이다.
그러므로 인간이라면 신도 모를 비밀 하나쯤 품고 있어야 한다.
미지의 세계, 태곳적 신비, 저 아프리카의 오지,
사람의 손길이 닿지 않은 우주의 어느 한 구석,
혹은 한 천 년쯤 살아 생의 경험이 풍부한 사람.
아니라면 이제 막 사랑하게 된 그 사람!
중요한 건 이야기, 혹은 비밀이다.
매력이란 모르는 것, 궁금해지는 것, 끊임없이 생각나게 하는 것,
그리하여 자꾸만 끌어당기는 것이다.
그저 외모에만 신경 쓸 일이 아니라,
많은 것이 담겨 있어 끊임없이 알고 싶어지는 사람이 될 것!
세상에 진정으로 '매력 있는 인간' 은 참으로 드물다.

2011. 4. 5 10:34

사막이 아름다운 이유

사막이 아름다운 이유는 어딘가에 오아시스가 있기 때문이 아니라
사막여우와 어린왕자의 우정이 있기 때문이다.
그 둘 사이의 대화가 있기 때문이다.
바로 '관계'가 있기 때문이다.

2011. 4. 16 10:36

생(生), 그 자체로서의 기쁨

하루가 즐거우려면 오늘 하루의 목표를 달성하면 되고,
일주일이 즐거우려면 좋은 주말약속을 해놓으면 되고,

봄이 즐거우려면 심신이 건강해야 하고,
여름이 즐거우려면 수영을 할 줄 알아야 하고,
가을이 즐거우려면 예술가가 되어야 하고,
겨울이 즐거우려면 꿈과 희망, 봄에 대해 알아야 하고,
삶이 즐거우려면 신과 인간에 대해 새로운 시선을 얻어야 한다.

생, 그 자체로서의 환희, 혹은
진정한 삶에는 반드시 깨달음이 전제되어야 하는 것!
스스로에 눈 뜨고, 신과 인간에 대한 높은 시선을 얻지 않는 이상
성공이나 행복 따위의 막연한 욕구는
그저 민망한 허깨비놀음에 지나지 않는다.

2011. 4. 17 09:19

앤디워홀이 되기

천재는 천재를 알아보는 통찰에 의해 존재한다.

아기 없이 어머니의 존재가 성립되지 않듯이

천재에게는 그를 알아보는 영민한 벗이 필요한 법!

당신도 귀족적인 취향을 가질 필요가 있다.

아니라면, 천재란 그저 고독한 광인에 지나지 않는 것.

앤디워홀 되기!

더 이상 바스키아를 길거리에 내버려 두어선 안 된다.

가난과 질병, 비참과 고독에 시달리는 천재는

베토벤과 고흐로 끝내야만 하는 것이다.

젊은이여! 앤디워홀을 꿈꿔라.

세상에는 당신이 알지 못하는 수많은 천재가 있다.

2011. 4. 18 09:30

명징하게 존재하기

한고조 유방의 명장이었던 한신.
마침내 제왕에서 초왕으로 봉해졌던 그는 끝내 팽형으로 죽임을 당한다.
그 유명한 '토사구팽*' 이라는 말을 남긴 채 끓는 기름 가마 속으로 들어간 그.
그 끔찍한 참형(慘刑)이 조선 시대에도 있었다.

물론 조선 시대의 팽형은 실제로 삶아 죽이는 것은 아니지만
그 형식은 그대로 취해 가마 속에서 삶는 시늉을 한다.
그리고는 팽형을 당한 자는 그로부터 죽은 사람이 되어
마치 유령인 듯 사회로부터 완벽하게 삭제된다.

이른 바 사회적 죽임을 당하는 것!
아무도 그의 이름을 불러주지 않고
아무도 그를 만나러 오지 않을 뿐 아니라,
누구도 그를 아는 체 해선 안 된다.

*토사구팽(兎死狗烹): 교활한 토끼가 잡히고 나면 충실했던 사냥개도 쓸모가 없어져 잡아먹게 된다는 뜻.

사회적으로 죽임을 당한다는 것은
존재 자체를 부정 당한다는 말이다.
살아도 산 것이 아니며 오히려 죽은 것보다 못한 것!
비참하기로 치면 사형보다 나을 것이 없다.

존재감 없기로도 사형을 능가한다.
죽은 자는 차라리 존재감이 있는 법.
그를 기억하는 이들, 그를 사랑하는 이들의 기억 속에서 영원히 살 수 있다.
오히려 죽어서 사는 역설!

〈사랑한다면 이들처럼〉(The Hairdresser's Husband, 1990)의 마틸드가 죽은 것은
앙트완의 사랑 속에서 영원히 살고 싶었기 때문이다.
〈책 읽어주는 남자〉(The Reader, 2008)의 한나의 사랑과 죽음은
마이클의 전 생애와 뜨겁게 만난다.

섬광처럼 스쳐 지나가 누군가의 전 생을 관통하고
지울 수 없는 화인 하나 찍는다는 것!
범인들에게 그것은 마틸드나 한나처럼
죽음을 담보하지 않는 한 불가능한 일.

그런 의미에서 조선 시대의 팽형은 세상 가장 잔인한 형벌이라 할 수 있다.
죽음은 도리어 인간적이다.
인간이란 존재는 그 어떤 고통도 극복하지만,
존재 자체를 부정당했다는 '비참' 만은 극복하지 못한다.

몸은 존재하되 실제로는 존재하지 않는 자,
세상에서 소외된다는 것은 그래서 인간 최고의 비참.
인간은 존재감으로 살고,
소외감으로 죽는다.

인간이 가장 인간다울 때가 세상과 함께 호흡할 때인 것이다.
세상에 발언권을 가지고,
세상의 인정을 받고,
함께 호흡하며 앞으로 걸어 나갈 때!

바로 그때, 펄펄 살아 숨 쉴 수 있다.
누구보다 명징하게 존재할 수 있다.
외딴 별에 홀로 앉아서도 그 존재감 폭발할 수 있다.
인간은 존재감 하나로 사는 존재다.

그러므로 우리 늘 깨어있지 않으면 안 된다.
역사의 현장을 똑똑히 지켜보지 않으면 안 된다.
진리와 함께 앞으로 걸어 나가지 않으면 안 된다.
신의 호흡으로, 진보의 발걸음 걷지 않으면 안 된다.

인간의 길은,
역사라 함은,
진리란 언제나 앞으로 나아가는 것이기 때문이다.
신과 함께 비참을 극복하는 것이기 때문이다.

어린 시절, 마리 로랑생의 시를 자주 곱씹어 보곤 했었다.
그의 말이 맞았다.
잊힌 이는 죽은 이보다 비참하다.
바로 소외되었기 때문이다.

조선 시대, 팽형을 당한 자는 일생을 한탄과 절망 속에 살았을 것이다.
아니, 살아도 산 것이 아니었을 것이다.
눈 뜬 유령의 삶, 죽음보다 더 한 죽음을 당한 자의 회한,
누구에게도 말할 수 없는, 오로지 존재감 없는 자의 비애.

물론 현대에는 그런 이가 없다.
친구도, 직장동료도, 가족도 있다.
그러나 과연 그럴까?
수많은 인간 관계속의 당신이라고 안심할 수 있을까?

천만에! 당신은 지금 이 순간도 삭제되어 가는 중이다.
가까이는 새로운 세대들에게서 꼰대라는 명목으로 삭제되고,
역사의 현장을 지켜보지 않는다면 역사의 목록에서도 삭제된다.
또한 진리와 함께 하지 않는 한 신의 목록에는 아예 존재하지 않는다.

친구가 많아도, 자손이 번성해도, 지금 당장 이름 꽤나 알려져 있다고 해도
신의 호흡으로, 진리와 함께, 역사의 현장에서, 진보의 발걸음 걷지 않는 한
당신은 존재해도 존재하는 것이 아니다.
냉정하게 묻노니, 당신은 과연 존재하는가?

2011. 5. 14 10:52

유혹이 시작이다 1

향기 없는 꽃,

영혼 없는 작가,

이야기 없는 예술가,

매력 없는 인간,

이들의 공통점은 유혹할 수 없다는 것!

유혹할 수 없다면 그 무엇도 시작할 수 없다.

2011. 5. 25 11:11

김기덕, 신이 낳고 세계가 사랑한 천재

김기덕 감독의 16번째 영화 〈아리랑〉이 제64회 칸 국제영화제 '주목할 만한 시선' 부문 최고상인 '주목할 만한 시선 상'을 수상했다.

실명까지 언급한 국내 영화계에 대한 독기어린 비난으로 국내에서는 뜨거운 논란을, 칸 영화제 현지 언론으로부터는 뜨거운 찬사를 얻은 〈아리랑〉은 올해 칸 국제영화제 폐막을 하루 앞둔 21일 수상 낭보를 전하며 김기덕 감독의 귀환을 알렸다.
(news)

바로 이런 것이 통쾌한 복수다.

김기덕, 신이 낳고 세계가 사랑한 천재.

고수의 진검은 언제나 때를 기다리는 울음을 우는 법,

이 난세의 거장에게 세계는 완전히 굴복 당했다.

척박한 이 땅만이 아직도 그를 제 안에 두려하질 않을 뿐!

전설의 로커, 임재범에게 그랬던 것처럼,

위대한 멘토, 김태원에게 그랬던 것처럼,

바로 나의 히로인에게 그랬던 것처럼!

복수란 사람들의 생각보다 훨씬 위대한, 매혹의 방법이다.

나의 히로인이 생각하는 가장 짜릿한 반전이다.

그리하여 그대, 마침내 세상의 주검을 보게 되리라!

"배신자들, 내가 지금 죽이러 간다!"

2011. 5. 23 00:15

모든 위대한 것들의 어머니

아름다운 여인이 늙어가는 것에는,
보통의 남자가 늙는 것과는 비교할 수 없는 서글픔이 있다.
고독한 맹수의 포효가 우리의 가슴을 울리는 것은
이미 삶 자체에 커다란 울림이 있기 때문이다.

바로 낙차 때문이다.
고독한 그 만큼 위대해지는 것이다.
그 낙차의 크기가 세상의 그것보다 커질 때,
커다란 기세로 세상을 전복할 수 있다.

신이 낳고 세계가 사랑한 천재,
김기덕의 사소한 행보조차 뉴스가 되는 것 역시도
이 땅이 그가 가진 천재를 품어주기엔 너무나 협소하기 때문이다.
그러므로 그의 승리는 무조건 이 땅의 약자들의 승리이다.

삶을 노래하는 호랑이, 임재범의 그것이 우리를 울리는 것은
이미 그의 삶이 한 편의 영화이기 때문이다.

그 노래 속에, 눈빛 속에, 한숨 속에 그의 삶이 고스란히 반영되기 때문이다.
그 외로움의 크기가 노래 한 곡에 담아내기엔 너무 거대해져버렸기 때문이다.

그러므로 두려워 마라!
모든 위대한 것들의 어머니는 존재감이 아니라 소외감이다.
재능이 아니라 삶 그 자체이다.
당신이 지금 외로운 것은, 어쩌면 거대한 영화의 예고편에 불과한 것!

인생을 알고 싶다면, 더욱 더 외로울 권리를 주장할 것.
차라리 스스로 철저히 버려져 자기만의 신세계를 건설하라.
매 순간 콜럼버스가 되어 신대륙을 향한 항해를 하라.
그리하여 세상을 전복하라.

삶은 수학교과서가 아니라 짜릿한 역설이다.
노력이나 성실이 아니라, 소외가 선이다.
행복이 아니라 빛의 부재가 선이며,
그것이 곧 빛의 사신이다.

애초 빛 속에 있던 자 중 아직도 남아 있는 자는 없다.
그를 옭아맬 단 하나의 흠결도 없는 자 중
아직도 살아 있는 자는 없다.
애초 빛의 자식만이 어둠 속에서 키워지는 법이다.

삶은 역설이고 반전이고 파격이다.
개그나 예능이 때로 가슴 짠한 감동을 주는 것은 바로 그 때문이다.

인생 자체가 개그고 코미디이기 때문이다.
인생은 온통 블랙코미디이다.

요즘 대세, 정형돈의 '미친 존재감'도 〈무한도전〉 속 5년 반이라는,
일상의 시간으로 따지자면 거의 1세기와 맞먹는 그 무시무시한 시간동안
존재감 제로의 절망 속에서 피어나고 다져진 내공의 산물이다
미친 존재감 정형돈을 낳고 기른 것은 바로 그 무서운 무존재감이었다.

유재석도 마찬가지다.
지금의 완벽에 가까운 리더십도 다 그의 절망적인 무명시절에서 나온 것.
요즘의 젠틀하고 유능한 이미지의 그도
예전에는 그야말로 촌티 폴폴 풍기는 초짜였다는 사실을 기억할 것!

그러므로 지금은 준비할 때!
그 모든 절망과 한탄, 외로움과 소외는
당신을 가장 단단하게 만들어줄 지상 최대의 신선한 재료이다.
그 재료로 얼마나 훌륭한 요리를 만들어 내는지는 스스로에게 달려있을 뿐.

최고의 요리사가 되라!
거장 김기덕 감독처럼, 천재 노무현 대통령처럼
어둠을 조리하는 빛의 요리사가 되라.
어둠의 재료로 빛의 요리를 만드는 자가 최종 승리자이다.

최고의 맛을 만들어라!
외로운 호랑이 임재범처럼, 소외된 천재 김태원처럼

어둠을 빛으로 환원하여 세상을 호령하라.

당신을 절망하게 하는 그것이 바로 최고의 재료이다.

2011. 5. 23 13:59

우리는 아주 오래 살아야 한다

사람이 한 천 년쯤 살게 되면
보통사람들이 볼 수 없는 것을 보게 되고,
들을 수 없는 것을 들을 수 있게 된다.
또한 그 누구도 결코 그의 존재를 부정할 수 없게 된다.

그러므로 우리 아주 오래 살아야 한다.
아주 오래도록 살아서 모든 것을 경험하고, 기억하고, 뼈에 새긴
포효하는 맹수의 그것과도 같은
백전노장이 되어야 한다.

지금으로 부족하다면,
세상의 모든 약자와 소수자들에게 힘을 주기에
아직도 여전히 부족하다면,
얼마든지 기다릴 수 있어야 한다.

하루에 천 년만큼씩 점점 더 강해져야 한다.
세상이 제 풀에 놀라 뒤집어지도록 장대해져야 한다.

그리하여 살아있는 그 모든 것(生)의 배신자들, 철저하게 응징해주어야 한다.
끝까지 살아서 그대 모든 친구들을 증인으로 만들 수 있어야 한다.

존재 자체를 부정 당한다는 것이 어떤 것인지,
누구가의 존재를 부정해본 자들은 모른다.
꼭 예수를 부정한 베드로가 아니더라도,
세상에 그런 이들은 널리고 널렸다는 사실!

약자들을 짓밟는 데에 익숙한 이들,
또한 잠시라도 세상의 수많은 약자들을 부정해 본 적이 있는 당신.
나는 아주 잘 알고 있다.
약자를 슬며시 외면한 당신 역시도 누군가에겐 약자라는 사실을!

그래서 그렇게 두려움에 떨고 있다는 것을.
그래서 그렇게 서둘러 화를 내고 있다는 사실을.
철없는 자들은 결코 알 수 없겠지만 부정당한 자의 그것은,
조선 시대 팽형을 당한 자의 심경과 정확히 같다.

이른바 사회적 죽임을 당하는 것!
아무도 그를 아는 체 하지 않고,
아무도 그의 이름을 불러주지 않고,
아무도 그를 만나러 오지 않는 처참한 지경.

살아도 산 것이 아닌,
죽음보다 더 비참한,

진작 죽지 못한 자의, 죽음보다 더한 죽음을 당한 자의 그것!
바로 눈 뜬 유령의 삶.

이제 당신도 알아야 한다.
그리고 끝까지 살아남아야 한다.
거친 사막의 모래바람과 뜨거운 갈증도 이겨내고, 모진 비바람도 견뎌내고,
그렇게 유령처럼, 마녀처럼!

"그러니 지금은 묵묵히 그 낙차를 키우기로 하세, 친구여!"

2011. 5. 23 17:59

임재범의 〈비상〉, 결코 아무나 부를 수 없는

누구나 한번쯤은 자기만의 세계로 빠져들게 되는 순간이 있지.
그렇지만 나는 제자리로 오지 못했어. 되돌아 나오는 길을 모르니.

너무 많은 생각과 너무 많은 걱정에 온통 내 자신을 가둬두었지.
이젠 이런 내 모습 나조차 불안해보여. 어디부터 시작할지 몰라서.

나도 세상에 나가고 싶어. 당당히 내 꿈들을 보여 줘야해.
그토록 오랫동안 움츠렸던 날개. 하늘로 더 넓게 펼쳐 보이며 날고 싶어.

감당할 수 없어서 버려둔 그 모든 건 나를 기다리지 않고 떠났지.
그렇게 많은 걸 잃었지만 후회는 없어. 그래서 더 멀리 갈 수 있다면

상처받는 것보단 혼자를 택한 거지. 고독이 꼭 나쁜 것은 아니야.
외로움은 나에게 누구도 말하지 않은 소중한 것 깨닫게 했으니까!

이젠 세상에 나갈 수 있어. 당당히 내 꿈들을 보여 줄 거야.
그토록 오랫동안 움츠렸던 날개 하늘로 더 넓게 펼쳐 보이며.

다시 새롭게 시작할거야! 더 이상 아무것도 피하지 않아.
이 세상 견뎌낼 그 힘이 돼줄 거야. 힘겨웠던 방황은.

-〈비상〉, 임재범

담담한 듯 말하지만,
그 말은 무엇보다 절절하고 강렬하다.
또한 세상과의 조우를 꿈꾸는 강력한 의지가 보인다.
그 철저한 고독!
그 철저한 고립!

상처 입은 야수,
고집불통, 거친 야생마 같은 청년
하지만 이제는 성숙하여 커져버린 남자!
그의 방황은 오히려 그를 키웠다.
이제는 하늘로 날아오를 수 있다.
지난 고독은 참으로 장대했다.

때문에 이 노래는 세상을 훨훨 날아보리라 하는
어쩌면 비장하기까지 한 의지가 보여야 한다.
거칠지만 미숙하지 않고,
절절하지만 연약하지 않고,
조심스럽지만 장엄한 희망.

부드럽거나 연약하게 호소해서는 안 된다.

결코 주저하거나 웅얼웅얼, 조곤조곤 대화해서는 안 된다.

아직도 상처받은 야수 그대로여서도 안 된다.

반드시 그 고독으로 인해 크고 장엄하게 성장해 있어야만 한다.

그에게서 거대하고도 성스러운 기미를 느낄 수 있어야만 하는 것이다.

절절하고도 강렬하게,

자신의 모든 생을 그 단 한 순간에 녹여내어,

"준비는 끝났다.

자, 그럼 이제 세상은 내 것이다.

마음껏 훨훨 날아오르리라!"

바로 이렇게 불러야 한다.

〈비상〉은 임재범의 자전적인 곡이다.

또한 작곡에도 참여한 곡이다.

곡에 담긴 그 심연 같고, 폭풍 같은 영혼의 울림을 듣지 못한다면 실패다.

그 고동을, 박동을 제 영혼으로 울부짖어 토해내지 못한다면 결국 실패다.

2011. 5. 30 23:04

삶의 꽃 한 송이 피우기

삶의 꽃 한 송이 피우기!

삶은 언제나 그렇듯 그리 거창하고 대단한 것은 아니다.

그러나 나의 작은 세계에 꽃 한 송이 피울 수 있다면,

이 세상 한 번 살아 볼만한 것.

거대한 파도처럼,

힘차게 저 바다로 나아가 보는 것.

씩 웃으며 폭풍이 몰아치는 바다를 향해 걸어가는 서퍼처럼

담담하지만 장대한 발걸음을 걸을 것!

인생이란,

그렇게 묵묵히 걸어가는 이를 찍은 사진과도 같다.

그 그림은 바로 그를 기억하고 증언하는 이의 영혼에 새겨진다.

2011. 5. 31 09:30

유혹이 시작이다 5

유혹하라!
왜 유혹하지 못하는가?
스스로 별이 되던 태양이 되던
매 순간 유혹하지 못한다면 실패!

어제의 유혹은 이미 유효기간이 지났다.
당신의 매 순간은 기필코 새로워져야 한다.
오늘은 온전히 오늘로서 새로운 생이 되어야 하는 것.
'왕년에' 라는 말은 신의 사전에 존재하지 않는다.

그리하여 신을 도발한 최초의 인간되기.
신과 조우하면 누구나 최초의 인간이다.
신과 만나고 신과 대화하고 신의 호흡을 느끼는,
오로지 신이라는 존재하고만 견줄 수 있는 장엄한 존재!

이소라처럼 온몸의 세포 하나하나를 흔들어 깨워
어둠 속의 마녀처럼 전율로써 세상을 압도하라.

그리하여 세상이 제 앞에 무릎 꿇게 하기.

도도한 눈빛으로 세상을 굽어보기.

임재범처럼 차원이 다른 자기 세계를 가지고

마침내 떨치고 나온 왕이 되라!

유혹하지 않아도 이미 존재 자체로 '유혹' 이게 하기.

자신을 추종하고 두려워하는 그 모든 자를 뒤로 하고 홀홀 떠나기.

나의 히로인처럼 순간을 달리며,

결코 어제의 것에 안주하지 않게 하라.

한 번 신을 본 자의 위엄!

결코 저 아래, 죽은 자들의 세상으로 추락하지 않기.

세상은 바로 이런 방식으로 만나는 것이다.

먼저 제 자신을 가득 채우지 않으면,

그 누구도 유혹할 수 없다.

어제의 유혹은 단지 한때의 유치한 무용담으로 전락하고 마는 것.

생은 무엇보다 단단한 것!

온몸으로 부딪히지 않으면 결코 제 속살을 보여주지 않는다.

제 모든 것을 던져 풍덩 빠지지 않는 한 그것은 그저 거대한 벽,

적당히 눈치보고 타협하는 자에게는 결코 자신을 내어주지 않는 '신화' 이다.

2011. 5. 31 17:37

유혹이 시작이다 9

봄은 모든 소외된 자들의 꿈,
겨울은 모든 죽은 자들의 자궁,
여름은 갓 피어난 생명들의 찬란한 미래,
가을은 모든 준비된 자들의 특권,

그러므로 인간이라면,
마땅히 신의 그 유혹의 손길을 닮아야 하리!
끊어진 활시위,
늘어진 현,
너부러진 가부장,
권태에 빠진 연인은 신을 부정하는 가장 명백한 증거.
봄과 새 생명을 잉태하지 않은 모든 죽은 것들을 경멸하기!

2011. 6. 21 17:50

나를 슬프게 하는 것들

누구에게나 자기 몫의 외로움이 있다.
누구에게나 자기 몫의 삶이 있다.
그것은 그 누구도 결코 대신할 수 없는 것.
가족도, 부부도, 사랑하는 이들도 서로 주고받거나 나눌 수 없다.

사랑을 갈구한다면 반드시 어른이 될 것!
사랑의 실체를 확인하고자 한다면 단번에 쑥쑥 자라날 것!
그 모든 것을 홀로 묵묵히 감당하는 이가 바로 어른이다.
어른의 세계는 아이의 그것과는 다르다.

참다운 어른은 원하는 것을 얻기 위해 전전긍긍하지 않는다.
혹은 협박하거나 협상하지 않는다.
제 안에 다 갖추어져 있기 때문이다.
그렇다. 어른의 세계란 바로 깨달음의 세계다.

아이처럼 순수하다는 것은,
그가 성숙한 어른일 때에 한해 비로소 매력으로 작용될 뿐,

그 자체로 완전한 미덕은 아니다.
결코 아이로 머물러 있어서는 안 되는 것이다.

아이는 어떤 일이 제 마음처럼 되지 않을 때 일단 울고 본다.
보채고 엄살 부리고 어깃장을 놓는다.
이성적으로 생각하지 않으며,
결국 감정적인 대응으로 상황을 최악으로 만든다.

그러나 그것은 사실 아이의 전략!
원하는 것을 얻기 위한 제 나름 최선의 선택이다.
아이의 전략은 과연 통할 것인가?
그러나 진리는 무서운 것!

사랑받고자 해서는 결코 사랑받을 수 없다.
얻으려고 하면 할수록 점점 잃어버리게 된다.
그것이 바로 깨달음의 역설.
진리이다.

세상일이 마음대로 되지 않을 때, 혹은
진정 원하는 것을 얻고자 할 때는 어떻게 할 것인가?
아이처럼 일단 울고 볼 것인가?
징징거리고 어깃장 놓으며 상대를 피곤하게 할 것인가?

물론 상대를 정떨어지게 하는 방법은 아주 많다.
협박하기,

거래하기,
상대의 약점을 잡아 결국 굴복하게 만들기.

그러나 그것은 인간이기를 포기한 방법.
기어이 원하는 것을 얻기보다는 독야청청 인간으로 남기를 고집해야 한다.
인간으로 성숙되는 길이 그 어떤 성취보다 위대한 가치이다.
당신이 적어도 인간이라면 말이다.

세상에 공짜는 없다.
쉬운 길은 없다.
위대한 것일수록 그 대가는 혹독한 법이다.
가치 있는 것일수록 인고의 세월을 자궁으로 태어난다.

의연해야 한다.
그 어떠한 곤궁한 처지에서도 호들갑떨어서는 안 된다.
우리, 그렇게 어른이 되어 가는 것이다.
우리, 그렇게 날마다 새롭게 태어나는 나비가 되어야 한다.

나이만 먹은 어른은 곤란하다.
늙은 몸의 아이란 차마 징그러운 것이다.
아이에게는 엄마나 보모, 혹은 그 또래의 친구가 필요할 뿐,
결코 어른 친구는 어울리지 않는다.

인간이라는 이름!
그것이 바로 슬픔이다.

이런 철없는, 불쌍한 어른들이 가득한 세상이 바로 나를 슬프게 하는 것!
부디 어른이 되라.

순교자처럼 제 몫의 외로움을 묵묵히 견디고,
제사장처럼 자신의 영역을 남의 그것과 혼동하지 않으며,
순례자처럼 마침내 제 몫의 삶을 살아내어
마치 신처럼 영원히 스스로를 주관하라!

2011. 9. 8 13:27

21세기식 낭만주의 1
- 신비(妙)주의

너와 나 사이에 바다를 두어야겠다.

가끔은 로맨틱한 격정에 휩싸여

목숨 따윈 아랑곳없이,

하늘을 거슬러 오르고 우주를 가로질러

너에게로 달려가고 싶은 것이다.

때로 파도에 온몸을 맡기고

몇 번의 죽을 고비를 넘겨 비로소 마주 설 수 있다면,

그 얼마나 낭만적일까!

혹여 유람선이라도 생겨 우리의 사이가 너무 가까워지지 않도록

나는 아주 멀리,

외딴 곳의 섬이 되어야겠다.

아니, 바람결에라도

나에 대한 이야기가 너에게 전해지지 않도록

나는 아주 먼 곳의 별이 되어야겠다.

그렇게 신도 모르게 살아야겠다.

하고 싶은 말이 있다면 꿈속으로 건너가리라.

너에게는 오직 '백 퍼센트의 나' 만 허락해야 하니까!

그리고 아주 오랫동안 너를 그리워하고 싶으니,

나는 시간도 공간도 없는 곳에서

그렇게 살아야 하겠다.

—신비(妙)어록(2007) 중에서

그렇다! 나는 이 시대 최고의 극단적 낭만주의자이다.

나의 히로인에게 낭만이란,

화끈하게 사랑하고 쿨하게 헤어지는 카사노바식 연애가 아니라,

개화기 이후 서양에서 넘어 온 자유연애 사상 같은 것이 아니라.

최백호 가사의 잃어버린 것들, 혹은

다시 못 올 것에 대한 그리움의 감정이 아니라,

그 쓸쓸하고도 고즈넉한 예스러운 정서가 아니라,

백 퍼센트의 만남을 뜻한다.

가장 절박할 때,

더 이상 그 어떤 군더더기도 없는

그 절정의 순간에 기어코 맞닥뜨리는

제가 가장 필요로 하는 것과의 만남.

그리하여 곰삭디 곰삭은,

숙성할 대로 숙성하여 오히려 제 고유의 풍미를 가지게 된,

제 안의 진짜와의 만남.

그 누구도 부인할 수 없는

절실하고도 절박한 만남을 뜻한다.

134

부에나비스타 소셜 클럽의 피아노 없는 피아니스트,

생의 처음이자 마지막 녹음을 마치고 얼마 후 생을 달리한 할아버지,

이제는 젊다고만은 할 수 없는,

척박할 대로 척박했던 한국 록의 터널을 고스란히 통과한 주인공들,

오디션 프로에서 가끔 만날 수 있는,

삶이 외면했던 그들.

그들은 아름답다.

마침내 꽃 한 송이 피우던 그 순간은 아찔할 정도로 낭만적이다.

절박함의 정점에 있는 이의 담담함.

절박의 끝을, 그 오롯한 순간을 수없이 감당한 자의 여유.

가진 것이라곤 꿈밖에 없는 이,

그러나 결코 녹녹치 않는 그 꿈으로의 길,

그리고 마침내 온전히 피어난 꽃 한 송이.

그것이 낭만이다.

그렇다. 깨달음이야말로 가장 21세기다운 낭만주의이다.

낭만이란 결코 옛 시절을 그리워하는 단순한 감성이나

자유스런 연애가 아니다.

폭풍처럼 휘몰아쳐 제 모든 것을 삼켜버릴 듯한

감정과잉 따위가 아니다.

그것은 가장 위대하고 강렬한 만남이다.

벼랑에서 한 발을 내딛어야만 한다.

음식으로 치자면 즉석식품이 아니라,

가마솥에 오래도록 고거나 몇 달, 몇 년을 곰삭은 음식,
사랑 역시 소개팅으로 만나 결혼에 이르는 흔한 통속극이 아니라
천 년의 기다림 끝에 한순간 조우하는 처연하지만 눈부신 만남,
삶의 방법이라면 기존의 권력에 줄서는 구대륙식이 아닌
신대륙을 개척하는 새로운 방식,
바로 오랜 고독과 기다림과 상처를 대가(代價)로 하는
거룩하고 위대한 가치!

나의 히로인에게 낭만이란
바로 깨달음의 정서,
깨달음 그 이후의 분위기,
혹은 깨달음 그 자체이다.
낭만을 즐겨라!
그것이 바로 삶을 즐기는 것이고 깨달음을 즐기는 것이다.

2011. 10. 12 14:22

내 안에 너 있다

사랑은 내 안에 널 가두는 것이 아니다.
너의 다른 친구들을 네게서 멀어지게 하고,
그 틈을 이용해 틈새전략으로 너를 독차지 하는 것이 아니다.

그리하여 벼랑 끝에 선 너를, 혼자만 꺼내보는 보석으로 만들어
어쩔 수 없이 나만 바라보게 하는 것이 아니다.
그리곤 수시로 벼랑 끝으로 밀어버리겠다, 협박하는 것이 아니다.

네가 내게서 멀어질까 전전긍긍하고,
숨 막히게 끌어당기는 방법으로 부담을 주고,
짐짓 밀어내는 방법으로 사랑을 확인하는 것이 아니다.

대개 사람들의 사랑은 잔인한 데가 있다.
어느 순간 원시로 되돌아가 돌도끼사냥을 하고
사냥한 짐승은 우리 안에 던져 방치한다.

그러면 또 야생짐승은 고분고분 가축이 되어간다.

이 무슨 피비린내 나는 엽기잔혹극일까?
그것은 사랑이 아니다.

그저 도파민 환각에 사랑타령, 사랑놀음. 호르몬의 작용일 뿐.
우리는 사랑 그 자체를 목도해야 한다.
물론 그 야생짐승도 애초 가축의 유전자를 가졌을 터.

나의 히로인처럼 야생의 피는 아닐 것이다.
어차피 피차 유전자적인 끌림이었을 것이다.
그러나 진실로 만남이란 위대한 것이다.

그러므로 "내 안에 너 있다."
이 말은 전혀 다른 의미로, 멜로드라마 남자주인공이 할 말이 아니라,
바로 나의 히로인이 할 말이다.

너만을 생각하고 있다, 미치도록 사랑한다는 의미가 아니라
우주가 온통 나의 영역이니,
너는 그 어디에서 뛰어놀아도 다 내 안에 있는 것이다.

옆에 없다고 불안해하지 않아도 되며,
멀리 있다고 너와 떨어진 것은 아니다.
눈에 보이지 않는다고 해서 내가 존재하지 않는 것도 아니다.

마음껏 날아다녀라.
엄마 품속의 아기처럼 한껏 사랑스러워라,

네 꿈을 펼쳐라, 바로 그런 뜻이다.

사랑은 그러므로 네가 과연 나를 얼마나 좋아할까 불안해하는 것이 아니다.
안 보이는 곳에서 무슨 짓을 하고 다니는지 의심하는 것이 아니다.
혹여 내 곁을 떠나지 않을까 염려하는 것이 아니다.

사랑은 다만, 스스로를 완성하는 것!
그리하여 광대한 자기 영역을 만드는 것.
언제든 네가 들어와 마음껏 뛰어 놀 수 있도록
그 토대를 우주까지 넓혀 놓는 것!

그러니 긴장하라!
당신이 만약 제 한 몸에 갇혀 저 스스로도 감당 못하는 용렬한 자라면,
누구도 협소한 그곳에선 있으려야 있을 수 없다. -있을 곳도 없다.

자기 영역을 넓혀라!
돈과 명성이 문제가 아니다.
네 마음 속 풍경이 끝 간 데가 없어야 한다.

네 정신이 풍요로워야 하고,
네 영혼이 우주같이 드넓어야 한다.
돈과 명성이 제아무리 커봤자 광대하고 거룩한,
네 아름다운 영혼에 비할 수는 없는 것!

Life is a boundary!

2011. 10. 13 16:44

21세기식 낭만주의 2

옛날에는 인스턴트 음식이란 게 없었다.
스시도 지금처럼 즉석식품이 아니었다.
그것은 몇 달, 아니 몇 년을 정성들여 삭히고 발효시켜야만
비로소 맛 볼 수 있는 대표적인 슬로우 푸드(slow food).
물론 된장, 고추장, 묵은지, 가자미식혜 등도 있겠다.
하여간 몇 년을 곰삭은 음식이란 단지 음식이 아니다.

인내며, 준비이며, 정성이며, 세월이며, 눈물이며, 땀이다.
기다림이며 역사이며 인류의 진화다.
그 안에는 온갖 이야기와 신화가 담겨 있다.
인간의 사랑과 신뢰가 켜켜이 들어차 있다.
언제든 손쉽게 먹을 수 있는 음식에는
바로 그 묘미가 빠져 있는 것이다.

연애도, 일상도, 삶의 방식도 다 마찬가지.
처음부터 스스로 구상하고, 기획하고, 실행한 일이 진짜다.
은근슬쩍 남의 뒤에 줄서거나 권력에 빌붙는 것은 진짜가 아니다.

진짜만이 낭만이라 부를 수 있는 것,
신대륙을 개척하는 자는 모두 낭만주의자다.
허허벌판에 깃발 하나 꽂고 스스로 시작하는 자, 얼마나 멋진가?

스티브 잡스도, 김어준도 그래서 낭만주의자다.
어릴 땐 과외와 대학진학에 온 생을 바치고,
성장해선 줄 잘 서서 남들보다 잘 먹고 잘 살 생각에
전전긍긍 기존권력에 줄 대는 보수주의자들!
-스스로 시작하지 않는 자, 모두 보수다.
전혀 매력 없으며, 낭만 없음이다.

홀로 무인도로 떠날 일이다.
아무것도 없는 그곳에서 저 살 집,
저 혼자 지으며 살아 볼 일이다.
부뚜막도 만들고, 해먹(hammock)도 만들 일이다.
그 집은, 그 부뚜막은, 그 해먹은 필시 제 영혼을 닮았을 터,
남이 지은 호화로운 집과는 비교할 수 없다.

그렇게 스스로 자기 영역을 만든다는 것.
처음에는 곤궁할지라도 곧 사람들이 모이고 마을이 생기기 시작한다.
시간은 얼마가 걸려도 상관없다.
완성이란 완벽하게 끝내는 것이 아니라,
매 순간 이루어지는 것이니까!
스스로 시작하지 않으면 삶은 애초 시작되지 않는 법이니까!

Life is a romantic!

2011. 10. 14 14:04

삶을 아는 이가 천재다

"궁금했다 늘! 대양을 가르던 이가 심해를 경험한 후 떠올릴 깊은 음악이……
음악인은 노인이어야 한다. 그 누구보다도 빨리 영근 소울(soul)에 도착되어야 한다.
이제 알았다. 그토록 내가 그대를 궁금해 했던 이유를!
그 모든 것이 지금을 만나기 위함이 아니었겠는가. (하략)"

-부활, 김태원

"불타버린 심장을 갈라 보여주는 고통의 흔적.
그 속에서 꿋꿋이 피어오른 음악의 처연한 아름다움. (하략)"

-이적

"아픈 만큼 약해져 더 강해진 앨범. (하략)"

-다이나믹듀오, 개코

삶은 예술이고, 인생을 아는 자가 천재다.
우리, 삶 앞에서 두려움에 떠는 하룻강아지가 아니라,
형형한 눈빛에 거대한 우주를 감춘,
흰 수염 휘날리는 백전노장이 되어야 한다.

그 안광 사이로 삶의 부유물이 떠다녀야 된다.

그 탐험정신,
처절한 호흡,
마침내 인생을 알아버린 예술가.
척박한 그곳에 사막선인장처럼 피어난 꽃 한 송이.
인생을 알고, 예술을 알고, 삶의 역설을 아는 자,
비로소 장엄하게 무너져 그대의 심장을 찌르리라!

2011. 10. 21 13:21

우리의 운명

길거리를 스쳐 지나는 많은 사람들을 보라.
횡단보도 앞에 함께 선 사람들,
혹은 버스나 지하철에 함께 탄 사람들을 보라.

깜박이를 켜고 비바람을 함께 뚫고 나온 앞차의 뒤꽁무니,
땀을 뻘뻘 흘리고 있는 옆 차의 초보운전자와
식은땀을 닦으며 마침내 안도하는 뒤차를 보라.

혹은 동네 초등학교에 투표하려고 줄을 선 사람들,
인증 샷을 올리며 투표를 독려하는 낯익은 친구들,
그리고 광장에서 촛불을 들고 한마음으로 노래하는 이들을 보라.

월드컵이나 올림픽 경기를 응원하며 함께 즐기는 국민,
아프리카의 아이들과 가족이 되어 사랑을 나누는 사람들,
지금 이순간도 독재에 맞서 항거하는 아랍국가의 시민들을 보라.

해외증시에 따른 코스피지수의 하락과

유럽의 재정위기에 크게 출렁이는 외환시장,
대통령이 누가 되느냐에 따라 달라지는 우리 국민의 처절한 운명을 보라.

인류는 모두 같은 운명을 짊어진 눈물겨운 동지들이다.
인간은 모두 같은 길을 가는 공동체,
그대의 행동 하나하나가 공동체에 지대한 영향을 미친다.

우리가 함께 살아가는 사회의 가치를 만들고,
인간이 함께 달리고 날아올라야 할 토대를 넓히고,
인류의 나아갈 방향을 정한다.

고난도 함께 당하고 기쁨도 함께 누린다.
인간은 누구나 전우다. 세상의 파도를 함께 넘는,
삶이라는 거대한 운명에 맞서 싸우는, 생각하면 애틋한 동지다.

길에서 스쳐 지나는 낯모르는 사람들조차
그러므로, 함부로 외면해서는 안 된다.
정치는 정치인만의 일이 아니고,

선거는 해당 지역 사람들만의 문제가 아니다.
우리는 모두 신이라는 한 영혼에 깃든
운명공동체이기 때문이다.

2011. 10. 26 13:33

146

바닥 치기 1

웅지를 품는 것이 먼저다.

그다음 조용히 준비했다가 우뚝 일어설 것!

결코 떠벌리고 다닐 일은 아니다.

굳이 자신을 증명해야 한다면 말이다.

그러므로 두고 보자, 라는 말은 타인에게 복수를 다짐하는 말이 아니라,

깊은 고독 속에서 스스로를 일으키는 말이어야 한다.

물론 스스로를 인정한다는 전제하에!

그런 이만이 스스로의 손을 잡아 줄 수 있다.

마침내 우뚝 일으킬 수 있다.

스스로를 믿지 못하여 타인을 의심하는 이에게

삶은 결코 제 속살을 보여주지 않는다.

스스로를 의심하여 제 신념조차 굳건히 건사하지 못한 이에게

삶은 결코 알토란같은 제 심중을 드러내지 않는 법이다.

준비하라!

그리고 마침내 때가 왔을 때 단칼에 베어라.

아니라면 그대, 이미 죽은 목숨이다.

2011. 11. 1 21:43

바닥 치기 2

준비하라!

그러나 그것은 결코 시험을 치르고, 자격증을 따고, 스펙을 쌓고,

재산을 모으는 일 따위가 아니다.

그것은 바로 심연(深淵)을 사는 일!

그 깊고 어두운 곳을 자기 집으로 여기는 일이다.

집은 돌아갈 곳이 아니라 출발할 곳.

집이 있는 이는 돌아갈 곳이 있기에 든든한 것이 아니라

언제든 다시 출발할 수 있기에 쿨한 것.

다시 돌아갈 곳이 있는 자는 아무것도 할 수 없다.

절박하지 않은 자가 할 수 있는 일은 세상에 없다.

하고 싶은 일을 하되 두려워 말 것.

거침없이 나아갈 것,

깨지더라도 움츠러들지 말 것.

깨지고 파괴되어 저 깊은 심연 속으로 다시 처박혀도

결코 무섭다고 말하지 말 것.

저 밑바닥에는 의외로 많은 삶의 보물이 쌓여있다.

그 자체로 그대, 이미 축복 안으로 들어가는 것.

깊은 바닥을 치고 심연을 유유히 떠다녀본 자만이 아는

"삶의 비밀이 있다."

2011. 11. 2 09:30

거절당하기

거절! 별 거 아니다.

실패! 별 거 아니다.

인간이 어떠한 것에 두려움을 가지는 이유는

그것에 대해 무지하기 때문이다.

탐구하라! 거절에 대해, 실패에 대해.

막상 거절 당해보면 그것이 그리 무서운 것이 아니라는 것을 알게 된다.

그러나 대부분의 사람들이 그렇게 주저하고 머뭇거리다 청춘을 다 보낸다.

그러나 생각하라!

삶이란 좋은 길만 골라 다니는 관광이 아니다.

오히려 길고 험난한 길을 따라 걸으며

영혼의 불을 밝히는 순례길이다.

그 안에 생의 본질이 있다.

좋은 길이란 애초에 없다.

좋은 길 안에 좋은 길이 있는 것이 아니라

나쁜 길 안에 좋은 길이 있다.

희망은 절망의 반대편이 아니라 절망의 한 가운데 있다.

두려워 마라!

두려움은 가련하게도 방어기제만 키울 뿐이다.

원래 인간은 상대가 화내는 것이 두려워 화를 내고,

물어뜯기는 게 두려워 물어뜯는 동물이다.

2011. 11. 4 11:51

유쾌한 시련, 발랄한 서러움

유머는 집이 있는 자의 특권이다.

인생, 좋은 길만 걸어온 사람에게선 그 자유로운 변주를 느낄 수 없다.

깊은 슬픔, 그리고 소외, 분노!

나락으로 떨어져 깜깜한 그곳을 집으로 삼은 자,

또한 그 집을 든든한 백그라운드로 여기며 우뚝 일어선 자,

유머란 그런 자만이 구사할 수 있는

비가(悲歌), 혹은 패러독스(paradox).

삶은 불꽃이다.

삶은 거대한 파도,

삶은 스스로의 집에서 출발하여 마침내 미지의 그곳에 도착하는 것!

매 순간이 바로 그 적절한 타이밍,

그대, 성배를 들 준비가 되었는가?

그렇다면 그대, 그 어떤 시련이나 서러움도 유쾌하게 받아들일 수 있다.

2011. 11. 4 17:52

자신만의 템포

대결하고 경쟁하는 자가 아니라,

자신만의 템포로 생을 즐기는 자가 승자다.

삶에는 'témpo prímo(본디 빠르기)'가 없다.

누군가는 천천히, 또 누군가는 폭풍같이,

그 누군가는 왈츠를 추는 빠르기로.

정해진 것은 없다.

삶은 속도가 아니라 방향이므로!

그러므로 나의 히로인의 속도는 언제나 'témpo ad libitum(자유로운 빠르기)'!

즐겨라!

방향만 맞는다면 속도는 오로지 연주자의 몫이다.

Life is a direction!

2011. 11. 7 12:15

노력하지 않기 1

노력하지 마라!

노력해서 되는 것은 남들도 다 할 수 있는 것,

드넓은 신대륙을 놔두고,

비좁고 냄새나는 구대륙에서 바글바글 경쟁이라니.

바보 같은 짓이다.

그것보단 애초에 타고난 자신의 특별한 능력을 감지해 낼 것!

그것이 바로 그대가 태어난 이유이다.

설레는 일,

심장이 쿵쾅거려 나를 온통 삼켜버리는 일을 하라.

물론 이것은 누구나 할 수 있는 말이다.

그러므로 다시 말한다.

이왕이면 불가능한 일,

하는 그 자체로 보상이 되는 일을 하라.

세상 그 어디에도 구애받지 않을 수 있다.

스스로에 매혹되어 그 에너지로 살아갈 수 있다.

그 어떤 곤궁한 상황에서도 매 순간 에너지 충전이 가능하다.

자신을 사랑하여 그 뜨거움의 포인트를 정확히 짚어내라.

그대, 비로소 살아 숨 쉬려면!

노력하지 않기 2

나는 글을 쓸 때 전혀 노력하지 않는다.

그저 쿵쾅거리는 내 심장의 결을 따라가는 자신이 있을 뿐.

따라서 창작의 고통이란 없다.

쥐어 짜내려면 고통스럽지만,

가장 높은 곳에서 노니는 것은 설레는 일이고 자유로운 일이다.

고통이 있다 해도 그것은 창작 따위가 아니라 삶 때문이다.

삶을 살아 내야 한다는 것.

어쨌든 삶은 인간에게 주어진 가장 거대한 문제이다.

그러나 그것도 어느 순간 즐겁고 자유로워질 때가 있다.

어두운 심연을 내 집인 듯 익숙하게 헤엄치다가

마침내 저 높은 곳에서 유유히 떠다니는 자는

세상 속에서도 자유롭게 유영할 수 있다.

사람들은 너무 실용적이어서 문제다.

직장을 그만두고 전세방을 뺐다는 이유로

세계일주 부부를 비난하고 조롱하는 이도 있다.

그러나 그런 자야 말로,

아무 내실도 없이 생계를 이어가고 돈을 좇는 자일 터,

그들이 바라는 성공이란 오히려 뜬구름 잡는 이야기이다.

세계일주 부부의 경우,

그들 삶의 순례에서 얻은 영혼의 양식은

그 자체로 이미 대박일 수 있다.

설사 그것이 곧 바로 돈으로 연결되지 않는다 하더라도

영혼이 풍요로워진 그들이 승자다.

그런 의미에서 우리나라 드라마는

생을 그저 스펙 쌓고 직장 다니고 결혼하는 것에 다 바친다.

혹은 타인과의 비교로 아예 -생을- 죽여 놓고 시작한다.

더 높은 것을 바라보지 않는 자,

삶의 제단 앞에 부끄러운 줄 알아야 한다.

그것은 삶 그 자체가 아니다.

단지 삶을 시작할 배경을 얻은 것에 불과하다.

그런 면에서 깨달음이 오히려 가장 현실적인 문제!

단언컨대 세계일주 천 년과 맞먹는다.

우주여행 백번과도 같다.

어떻게 살아가야 할지 그 방향을 정하는 것이기 때문이다.

인생! 속도가 아니라 방향이다.

사람들은 빨리 달리지만 눈을 감고 있다.

늦더라도 눈을 뜨는 게 먼저다.

F1에 출전하려면 먼저 머신(machine)을 몸에 맞추어야 한다.

삶의 출발선에서 너무 빨리 달리려 조급한 자.

몸에 맞추지 않은 머신으로 서킷을 도는 것과 같다.

혹은 눈을 감고 드라이빙하는 것과 같다.

인생, 랩타임(lap time)이 아니라 출전 그 자체다.

대부분의 사람들은 출전도 못하고 생이 끝난다.

아니라도 고속코너에서 살아남지 못한다.

운전석과 핸들, 페달을 몸에 맞추고

몸을 만들고 머신을 점검하고

서로 한 몸이 되는 과정이 반드시 있어야 한다.

무엇보다 드라이빙 자체를 즐겨야 한다.

일단 출전을 했다면 끝은 얼마 남지 않은 거다.

그러므로 연습 과정을 즐길 줄 알아야 한다.

그것이 어쩌면 그랑프리보다 더 중요한 것.

네 어둠을 사랑하라!

그곳을 마음껏 느끼며 둥둥 떠다녀라.

그리하여 저 높은 곳에서도 유유자적 노닐어라.

어둠은 단지 빛의 부재가 아니라

빛을 초대하는 매혹의 마법이다.

Life is a magic of captivating!

2011. 11. 7 16:29

서퍼(surfer)

인간은 모두 서퍼가 되어야 한다.

세상의 잔파도를 능수능란하게 넘는 재주 많은 서퍼가 아니라,

폭풍 속에서도 흔들림 없이 바다로 향하는 유쾌한 서퍼,

세상의 불길 속에 의연하게 제 영혼을 던져 넣는 관능적인 서퍼,

백년의 고독과 천 년의 기다림을 발랄한 서러움으로 가득 채우고는

언제나처럼 훌훌 털고 일어나는 쿨한 서퍼.

마침내 파도의 마음을 가진 서퍼가 되어야 한다.

그저 파도를 읽는 서퍼가 아니라,

파도 그 자체가 되어야 한다.

Are you a surfer?

2011. 11. 10 18:28

먼저 다가가기 1

대개 화해를 해야 할 경우 먼저 다가가 손을 내미는 사람은

과연 누구일까?

잘못한 사람?

아니면 최초의 원인제공자?

(그걸 어떻게 알겠는가? 저마다 입장이 다른 걸)

천만에! 아니다.

더 잘난 사람이다.

실제로 먼저 손을 내미는 것은 잘잘못과는 상관없이

거의 언제나 큰 사람의 몫일 수밖에 없다.

다른 경우라도 마찬가지.

적극적으로 데이트를 신청하는 것이 꼭 남자의 몫일까?

어쩌면 당신은 -수동적으로 보였던-

그 여자의 존재 자체에 완전히 압도당한 것일지도 모른다.

그리하여 그의 천국과 지옥으로 스스로 걸어 들어간 것인지도 모른다.

그 감옥(?)에서 다 타들어가면서도

아직도 그것을 눈치 채지 못한 것일지도 모른다.

능동적인 것이 꼭 눈에 보이는 것은 아니다.

2011. 11. 17 10:00

먼저 다가가기 2

멋진 일이란 반드시,

언제 내게 멋진 일이 일어날지 모른다고 생각하는 사람,

그리하여 미리 준비하는 사람에게 일어나는 법이다.

준비되어 있어야 한다.

신세한탄이나 자기비하가 일상이 된 사람에겐

꼭 그에 어울리는 일이 일어나는 법이다.

기적이란 그리 거창한 일이 아니다.

마법을 준비하라!

멋진 일에 먼저 다가가라!

Reach for the stars!

2011. 11. 17 10:28

제1부 신비(神)어록 이야기 **161**

먼저 다가가기 3

세상에 신통한 일은 있다.
기적은 있다.
진정 멋진 일은 존재한다.
이 우주가 존재한다는 그 사실부터가 신기하고도 오묘한 일이 아니던가?
기다리지 말고 먼저 다가가라!
멋진 일은 준비하고 다가가는 자에게만 일어나는 적금 같은 것이다.
너의 멋진 매 순간을 저축하고,
기적을 만기로 탈 것!
가끔은 기회를 대출 받을 수도 있다.

First reach the miracle!

2011. 11. 17 10:42

주저하기 없기

삶에 있어 시간낭비란 없다.
고민하고, 방황하고, 실수하고, 실패하는 그 모든 것들은
고스란히 제 삶의 페이지에 쓰일 아름다운 역사!
다만 머뭇거리고, 주저하고, 우물쭈물 망설이지 마라.
그것이야말로 낭비이다.
그대가 그렇게 죽어있는 사이에도 우주는 끊임없이 생성과 소멸을 반복한다.
결코 그런 식으로는 세상에서 소외되지 말 것!

2011. 11. 20 11:52

너는 자유다

영화를 보면 죄수가 출옥할 때 간수가 말한다.

"you are free now!"

나의 히로인이 하고 싶은 말도 결국 이거다.

"너는 자유다.

너를 가둘 감옥은 더 이상 없다.

네 마음껏 날아다녀라!

눈치 보지 말고, 움츠러들지 말고, 두려워하지 말고

세상의 룰이 아닌 네 룰대로 살아라!

그것이 바로 네 삶의 정답이다."

Do you understand?

2011. 11. 22 10:18

창조의 여신이 말하길 3

"입으로는 신을 이야기하지만, 신은 일절 안중에도 없는 당신.
물론 당연히 신은 없다. 당신에게는!
이로써 모든 이야기는 끝이다.
우리 사이엔 더 이상의 대화는 불능이다.

그럼에도 약간의 자비를 베풀어야 한다면
당신만 신에게 관심이 없는 것이 아니라
신도 당신에게 전혀 관심이 없다, 라고 말해야 할 것이다.
그것은 인간이 일개 개미에 관심이 없는 것이나 같다.

그 누구도 길을 걸으면서 개미 한 마리에게 안부를 묻지는 않는다.
물론 눈 마주칠 일도 없다.
신도 마찬가지다.
당연히 당신에게 관심이 없다.

신이 인간들의 참상에 관심 없다고 징징거리는 족속들은
그러므로 일찌감치 정신 차려야 한다.

전쟁이나 테러, 살인은 인간들의 놀이이지 신과는 하등 관계없는 것이다.
인간 역시 개미네 마을에 상관 않는 것.

두리번두리번 누군가 자신을 해치지 않을까 경계하는 포즈.
그저 동물처럼 본능에 끌려 다니는 저속함.
한 치 앞도 내다보지 못하는 협소함, 그리고 제 입장밖에 모르는 무지함.
짐승과 하등 다를 바 없는 그것이 인간이다.

그러나 그 중 다른 인간도 있으니 바로 인간 주제에 신에 도발하는 자!
주제도 모르고 감히 신과 대등하게 세상을 바라보는 자이다.
언제나 당당하게 신의 머리 꼭대기 위를 넘보는 인간!
엄밀히 말하면 신의 계획은 바로 그런 자를 발견하는 것이다.

신에게 도발함으로써 인간을 거룩하게 하는 인간.
신과 대면함으로써 인간을 성스럽게 하는 인간.
신과 동등하게 대화함으로써 인간을 마침내 인간이게 하는 인간.
신을 신다운 신으로 거듭나게 하는 인간!

그런 인간 하나가 전체 인류의 수준을 높이는 것이다.
신은 그저 그 인간 대표자와 대화할 뿐이다.
감히 신의 자리를 넘보지 못하는 그 겸손하고 심약한 이들과
무슨 거사를 도모하고 후일을 기약하겠는가?

신 앞에 머리 조아리는 비굴한 자들과 무슨 대화가 되겠는가?
신 앞에 기죽고 주눅 든 인간과 무슨 수로 눈을 맞추겠는가?

짐승들 중에도 그런 자는 부지기수다.
그러니 부디 인간들이여!

신과 대화할 깜냥이 안 되거든
신 앞에 홀로 선 인간, 인간들 중의 신을 알아볼 안목이라도 길러야 한다.
허구한 날 사랑타령, 결혼타령 통속극이나 찍어대지 말고
광대한 대국을 일으키는 대서사시 안에 서 있길 바란다.

그것이 결국 인간이 신화가 되는 길,
애초 신의 계획에 참여하는 일이다.
그리하여 짐승과 다를 바 없는 인간,
그 비참에서 벗어나는 길이다.

누누이 말하건대,
인간 주제이기에 감히 신화를 꿈꾸어 볼 일이다.
나아가라!
신도 제 자리에 안주하지는 않는다.

인간 주제에 안일하게 머물러 있는 자,
아예 상승할 의지도 없는 자,
그저 가만히 앉아 짐승의 삶을 사는 자들은
당장 눈앞에 신이 지나가도 알아보지 못한다.

신의 슬픔이란 바로 그런 것.
신은 투명망토가 없어도 늘 투명 그 자체라는 사실!

오직 오만방자하여 신과 눈높이를 나란히 하는

그 인간의 대표만을 만날 수밖에!"

2011. 12. 13 14:44

가장 성스러운 자

나의 히로인에게 일상이란 없다.
일상이 곧 성사(聖事)이므로!

온종일 기도하는 성직자가 성스러운 것이 아니라,
오히려 신과 눈높이를 나란히 하여
세상 모두가 개미처럼 보이는
오만한 자가 성스러운 것이다.

그리하여 지독하게 외로워도 마음 붙일 곳 하나 없는 자가
세상을 구하는 것이다.
그가 할 일이라곤 오직 자신을 구하고 세상을 구하는 일뿐이므로!

2011. 12. 15 19:45

사랑의 유효기간

사랑에는 유효기간이 있다.
사람 간의 사랑은 호르몬에 절대적으로 지배받는
화학작용이기 때문이다.
아무리 살얼음판을 걷듯 조심스러워도
사랑타령은 2~3년이면 그 생명을 다 한다.
마치 생물처럼 태어나서 성하고 쇠하고 죽는 과정을 거친다.
영원할 것만 같던 마음도 어느덧 심드렁해지고
못 보면 죽을 것 같던 사람도 그저 소 닭 보듯 하게 된다.
더 이상 심장은 쿵쾅거리지 않고, 가슴은 설레지 않으며
붕 뜬 몸도 다시금 땅으로 내려오게 된다.
세상은 다시 적막해지며,
사랑을 모르던 예전처럼 너와 나 사이는
우주의 이쪽 끝과 저쪽 끝으로 멀어진다.
사랑타령만큼 허무한 것도 없다.

그러나 깨달음의 세계는 다르다.
순간이 곧 영원이다.

깨달음이 바로 사랑 그 자체이며,

그를 매개로 소통하는 기쁨은 사랑, 그 이상이다.

영혼의 오르가즘!

연인과 사랑을 속삭이지 않아도

첫사랑을 막 시작한 이처럼 가슴은 설레고

그와의 약속시간이 다가오지 않아도 심장은 쿵쾅거리며

단지 깨달음의 바다를 헤엄치는 것만으로

몸은 중력을 거슬러 하늘로 붕 떠오른다.

호르몬 따위, 오히려 지배할 수 있다.

깨달음이란 바로 신과의 사랑!

신과의 사랑에는 유효기간이 없기 때문이다.

그러므로 우리의 일상은 사랑타령이 아니라

사랑 그 자체가 되어야 한다.

물론 사랑타령도 골백번 반복하다 보면

결국 인간 그 자체에 가 닿기야 하겠지만

머리 굴리기와 밀고 당기기로 점철된 그것이 진지해지기는 정녕 요원하다.

대개 사람들의 사랑은 고독하게 홀로 선 두 영혼의 만남이 아니라

서로에게 의존하여 그 피로도를 가중시키는 만남이기 때문이다.

상대에게 부정적인 스트레스를 주는 방법이 아니면

사랑을 확인할 수 없는 절름발이 사랑이기 때문이다.

이에 반드시 깨달음이 필요한 것!

우리, 고독한 영혼이 되지 않으면 안 된다.

홀로 절박하게 신 앞에 서지 않으면 안 된다.

진정으로 쿨해지지 않으면 안 되는 것이다.

부디 초짜의 촌티를 벗고 세련되어질 것!
사랑은 불완전한 반쪽이 만나 마침내 완전한 하나가 되는 것이 아니고
완전한 두 영혼이 만나 서로를 나누는 것이다.
제 안에 가득 자라난 사랑을,
신과의 그 거룩한 만남을 서로 나누는 것이다.
그 영감을 나누는 것이다.
그리하여 더욱 풍요로워지는 것이다.
그리하여 궁극으로 상승하는 것이다.
마침내 매 순간을 신과 함께 날아다니는 것이다.
어찌 심장이 쿵쾅거리지 않겠으며
첫사랑의 설렘을 잃어버리겠는가?
사랑은 바로 궁극의 매혹 스트레스!
네 안의 호르몬을 지배하여
매 순간 너를 활짝 피어나게 하는 것이다.

2011. 12. 22 11:01

레벨 업 시키기

솔직하게 이야기하지 않으면 안 된다.

통속적인 세상과 타락한 자신은 전혀 다른 별개의 문제이다.

생각하자.

노벨문학상 수상 작가보단 코엘료(파울로 코엘료[Paulo Coelho])가 낫고,

착하고 겸손한 아이돌보단 괴팍하고 성질 더러운 예술가가 낫고,

흙탕물에 몸 담그지 않는 국민배우보단

세상을 향해 몸 던지는 소셜테이너*가 낫고,

잘생기고 번듯한 보수주의자보단 어글리 섹시 김어준이 낫고,

실패를 모르는 엘리트보단 실수투성이 보헤미안이 낫고,

처음부터 쭉 성공가도를 달리는 이보단

밑바닥을 치고 올라 온 당돌한 이가 낫고,

인면수심 인간들보단 길거리를 헤매고 다니는 길고양이가 낫고,

예쁜 여자보단 깊이 있는 여자가 낫고,

*소셜테이너(socialtainer): 사회를 뜻하는 소사이어티(society)와 연예인을 가리키는 엔터테이너
(entertainer)를 합쳐 만든 신조어로, 사회 이슈에 적극적으로 자신의 의견을 밝히거나 직접 참여하는 연
예인을 말한다.

돈 많은 남자보단 꿈 많은 남자가 낫고,
상은 받기보단 주는 것이 낫다.

노벨상을 받기보단 신비(妙)상을 주는 것이 맞다.
그것이 바로 홀로 선 영혼의 '스타일'이며,
더 이상 올라갈 필요 없는 '최고의 포지션'이기 때문이다.

2012. 1. 1 17:02

21세기형 보헤미안

어린 시절에는 누구나 야생을 산다.

맨발로 흙밭을 뛰어다니고 주인 없는 무덤가를 내 집 삼아

천하가 좁다 하고 날아다닌다.

그 어떤 인위도 부자연도 없다.

그러다 나이가 들면 자연스럽게 부자연과 인위의 감옥에 갇혀버린다.

대개의 성인들은 별 의심도 없이 무기수나 사형수가 된다.

자신의 두 손과 발을,

제 온몸과 정신을 묶이고도

분노할 줄 모르는 노예처럼, 마치 로봇처럼!

세상은 보이지 않는 감옥이다.

우리, 그 사이 미로 같은 좁은 오솔길을 발견해내지 않으면 안 된다.

그것이 바로 인간이 이 우주에 태어난 이유.

성인이 되더라도 여전히 자유롭지 않으면 안 되는 것이다.

물론 그 중에 여전히 자유로운 이가 있으니

바로 영혼의 왕!

그의 바운더리는 더욱 광대해졌지만

그 개척자 정신(pioneer[frontier] spirit)은 여전했던 것.

야생을 살라!

인위를 가미하여 아름다운 일은 거의 없다.

레드카펫 위의 배우들이 아름답다 하나

혼신을 다하는 연기정신에는 비할 수 없고

잘 지어진 고대의 유적이나 건축물이 신비롭다 하나

신이 빚어놓은 절묘한 비경에는 이를 수 없다.

문제는 생명력!

세포 하나하나가 다 살아 움직여야 한다.

잠자던 신경들도 모두 깨어있어야 한다.

우리의 매 순간도 야생을 뛰어다니는 아이처럼 천진하고 거침없어야 한다.

그렇게 발랄해야만 한다.

부디 죽지 않고 신선하게 펄펄 살아있어야 한다.

21세기형 보헤미안은 바로 늙지 않고 죽지 않는 마법사인 것이다.

청춘의 숭배자,

영혼의 마법사,

우리, 싱그러운 그 젊음에 경배!

2012. 1. 2 11:05

176

이 시대 최고의 스타일

마음의 눈을 뜨는 것, 곧 깨달음이란 이 거대한 허구의 세계에 실제(實際)의 혁명을 일으키는 것, 그리하여 영원한 자유를 누리는 것이다. 이 허구의 노예에서 해방되고 싶지 않은가. 그곳에서는, 일상에서는 있을 수 없는 꿈같은 일이 벌어진다.

'봄이면 꽃이 피고 가을이면 달이 뜬다!' 일상에서도 일어나는 일이라고? 아니다. 일상에서는 전혀 다른 일이 일어난다. 봄이면 욕망이 발동하고 가을이면 공포가 엄습해 온다. 방황하는 영혼은 봄을 어지럽히고, 초라한 영혼은 가을을 우중충하게 만든다. 다 눈뜨지 못한 영혼의 발현이다.

―신비(妙)어록(2004) 중에서

여기는 내 영혼의 무인도!

늘 소리쳐 외쳐보지만 그 외침에 응답하는 이 없는 곳이다.

늘 소리쳐 불러보지만 그 초대에 응하는 이 없는 곳이다.

세상 가장 높고 뾰족한 곳이기에 그렇고,

또한 눈멀고 귀먹고 말 못하는 이들은 올 수 없는 곳이기에 그렇다.

구대륙이 아니고 신대륙이기에 더욱 그렇다.

그래서 번화한 네거리가 아니고 무인도이다.

그래서 홀로 신과 대화할 수 있는 곳이다.

할 수 있는 일이라곤 신과 대면하는 일 밖에는 없는 곳이다.

-신비(妙)어록(2011. 11.30) '내 영혼의 무인도' 중에서

생, 그 자체로서의 환희, 혹은

진정한 삶에는 반드시 깨달음이 전제되어야 하는 것!

스스로에 눈 뜨고, 신과 인간에 대한 높은 시선을 얻지 않는 이상

성공이나 행복 따위의 막연한 욕구는 그저 민망한 허깨비놀음에 지나지 않는다.

-신비(妙)어록(2011. 4.17) '생 그 자체로서의 기쁨' 중에서

상상해보라! 우리도 하늘을 날 수 있다.

날개가 없어도, 슈퍼맨이 아니어도,

꿈속이 아니어도 저 하늘로 뛰어들 수 있다.

나의 영화에 꼭 빠지지 않는 장면이 있다면 그건 단연코 비행장면!

김기덕 영화에 물이 빠지지 않듯이

나의 영화에 그것은 아주 의미심장한 장면인 것이다.

슈퍼맨도 아니고 초능력자도 아닌 나의 주인공들.

그들은 특별한 이유도 없이 그저 유유자적 하늘을 난다.

물론 낮에도 눈을 뜨고 꿈을 꾼다.

광속도로 날아올라 우주를 꿰뚫는 일이

존재를 얼마나 고양시키는지!

-신비(妙)어록(2007) '시간과 공간을 초월하기 I' 중에서

눈 뜨면 기적이 일어나고

귀 열면 마법이 시작된다.

자신의 언어로 말을 할 줄 알게 되면 곧 새로운 세상이 열리는 것.

바로 깨달음의 세계!

그것은 우주최강의 삶의 방식, 그리고

이 시대 최고의 '스타일'이다

This is the best style In this period

2012. 1. 6 10:21

현자는 최고의 약자이며 소수자다

일찍이 낙원에서 스스로를 추방한 자만이
마침내 진정한 낙원을 건설하는 법이다.
스스로의 영혼을 유배해보지 않은 자에게서
어찌 진정한 삶의 향기를 느낄 수 있겠는가?
네 영혼을 유배하는 순간 비로소
인간의 삶은 시작되는 것!
스스로를 낙원에서 추방했던 자만이
진정한 낙원에서 사는 역설!

-신비(妙)어록(2011. 10.18) '이방인 되기 3' 중에서

현자는 최고의 약자이며 소수자이다.
공식적인 그의 세력이 만들어지기 전까진
그는 무수히 삭제당하고 부정당해야 한다.
또한 스스로를 이 세상으로부터 추방하여
천 년의 세월동안 고독한 울음을 울어야 한다.
일찍이 존재를 부정당한 이,
33세의 청년 예수가 그의 유일한 친구이며,

홀로 숲으로 들어간 소로우와

팔리지 않는 그림을 그린 고흐만이 그의 구원,

사랑한다 말하며 태연히 그를 삭제하고 부정하는

많은 친구들이 그를 키우는 스승이다.

세상의 수많은 약자들이 그의 후원자인 것이다.

그러므로 그는 약자이기 때문에 약자가 아니고

소수자이기 때문에 소수자가 아닌 자이다.

기억해야 할 것이다

그가 어떻게 이 세상을 전복하는지!

그리하여 얼마나 아름다운 신화를 창조해내는지를!

2012. 1. 10 11:26

변명의 지점

변명은 마약 같은 것이다.

하면 할수록 깊은 수렁 속으로 빠져든다.

얼마 전 좌초된 이탈리아 유람선의 세티노 선장을 보라.

삶의 좌표 속에 '변명' 이라는 점을 찍어야 한다면

그 지점은 정확히 '매혹' 의 정반대 어디쯤에 있다.

마음껏 변명하라.

그리고 머리를 굴려라.

세상에 제 바닥을 내 보인 채 마침내 장렬하게 추락하고 싶다면!

2012. 1. 19 11:16

쿨하게 배반당하기

왜 유쾌하게 웃어주지 못하는가?

누군가 자신의 뒤통수를 치는데 웃어주어야지

나를 무시하는 것이냐, 발끈해서야 어디 그림이 나와 주겠는가?

그것은 지질한 짓이다.

배에 힘을 주고 호쾌하게 웃어주어라.

더구나 그대의 기대를 보기 좋게 배반한 영화감독이나 예술가에 대해서는

박수를 쳐주는 게 마땅하다.

예술은 그러라고 있는 것이다.

그것이 바로 그대가 돈을 지불한 이유이기도 하다.

모든 농담과 개그가 바로 그런 반전의 방법으로

그대에게 웃음을 주는 것이다.

농담과 개그에 웃지 못하는 자,

시대와 통하지 못하는 자이고

반전과 역설에 웃지 못하는 자,

예술과 통하지 못하는 자이다.

매사에 심각한 표정으로 인상을 쓰고 있으니 그런 것이다.

권위의식에 절고 콤플렉스에 매몰되어 있으니 그런 것이다.

통쾌하게 받아들여라!

예상 범위 안에서 소꿉놀이나 하는 자는 경멸당해 마땅하다.

그는 예술가가 아니라 그저 직업인일 뿐,

감독(PD)은 원래 전지적 작가시점을 가진 자이다.

예술가는 한 세계를 창조하고 그것을 위에서 내려다보는 자이다.

아니라면 우리는 돈을 주고 그의 꿈을 살 필요가 없다.

쿨하게 배반당하라!

예술이란 바로 쿨하게 배반하는 것이다.

2012. 1. 25 13:54

용기 있는 자

용기 있는 자가 미인을 차지한다면 안목 있는 자는 천재를 차지한다.

2012. 1. 25 19:06

신과의 대화 1

'나'란 없다.

일개 인간이란 그저 잠시 나타났다 사라지는 먼지와도 같은 존재!

세상에 존재하는 건 오로지 진리뿐.

자기 입장을 내세우지 마라!

그대의 모든 이야기는 곧 신과의 대화가 되어야 한다.

로고스*와 파토스*!

신과 대등하게 이야기 나누려면 신과 같은 위치에 서 있어야 하는 것.

결코 노예처럼 엎드려서 복종하지 마라!

죄인처럼 사정하며 기도하지 마라!

신의 마음이 아니면 신과 대화할 수 없고

신의 위치가 아니면 신과 소통할 수 없다.

당신의 기복은 결코 신에게 가 닿지 않는다.

당신의 말은 그저 그런 헛소리가 될 뿐이다.

당신의 사적인 이야기는 한낱 막장드라마가 되는 것이다.

'나'를 지우고 신의 입장이 되라.

*로고스(logos): 언어를 매체로 하여 표현되는 이성. 또는 그 이성의 자유.
*파토스(pathos): 일시적인 격정이나 열정.

신의 마음으로 세상 모든 것들과 소통하라!

깨달음이란 바로 그렇게 '나'를 상승시키고 확장시켜

마침내 신을 발견하는 것이다.

2012. 1. 26 15:05

신과의 대화 2

기존의 상식을 완전히 뒤집었을 때 엄청난 물건이 나오고
불가능을 가능으로 만들었을 때
바로 거기에서 커다란 에너지가 발생하는 법이다.
모든 위대한 것들은 전복을 그 태생으로 하고 있다.
누누이 말했지만 〈나는 가수다〉(이하 나가수)가
영감을 주는 이유가 바로 그것이며,
〈무한도전〉(2005. 4. 23~)이 신대륙으로서
어마어마한 자원을 가지고 있는 까닭 또한 그러하다.
사람들은 세종대왕이 뛰어난 언어학자라는 사실은 알고 있지만
지금 현재 바로 가까이에서 우리와 함께 현재를 사는
〈나가수〉와 〈무한도전〉 같은 예능 프로는 하찮은 것으로 여긴다.
그래서 이삼십 년만 지나도 지금과는 분명 다른 소리를 할 것이지만
지금은 저들을 무시하는 것을 은근 자랑삼고 있는 것이다.
사람들은 늘 그래 왔다.
씨앗 시절에는 그 흐드러진 꽃과 열매를 결코 알아보지 못한다.

당연하다.

아는 만큼 보이는 법이다.

세종대왕은 단순하게 한글을 창제한 왕이 아니라,

세상을 전복한 위대한 사상가임을 알아야 한다.

또한 〈무한도전〉도 단순한 예능프로가 아니라

스스로의 한계를 뛰어넘는 높은 시선을 가지고

마침내 우주를 꿰뚫어 세상을 전복할 위대한 꿈을 가진

유기적인 생명체임을 알아채야 한다.

지금은 나태한 태도로 그저 그런 복제품만을 생산해내고 있는 듯한

〈나가수〉역시 태생 자체가 불가능을 가능으로 태어난 영감의 산물로서

좀 안다 하는 사람에겐 여전히 무한한 영감을 주고 있는

깨달음의 보고이다.

그 모든 것은 '삶을 대하는 태도'의 문제이다.

마냥 재미있거나 우스워 보이는 〈무한도전〉속 세상도

천재나 지성인에겐 더할 나위 없는 영감의 유토피아이며,

애초 태생적 매혹을 잃어버린 지 오래인 〈나가수〉역시

재발견된 가수 박완규 하나만으로도 존재 자체의 정당성을 획득하고 있다.

이미 어느 정도 인정받고 있는 방송계의 스티브 잡스,

천재 태호PD와 그 일당들의 〈무한도전〉은 잠시 스킵하기로 하고

지금 천덕꾸러기로 전락하다시피 한 〈나가수〉를 예로 들자면

박완규라는 예술가의 발견을 최근 가장 큰 수확으로 들 수 있겠다.

다른 가수가 '나'에 초점을 맞추고 있다면

박완규는 '나'가 아닌 예술 그 자체에 초점을 맞추고 있다는 점!

그는 말하자면 임재범과 이소라로 대변되는

〈나가수〉예술가의 계보를 잇고 있는 셈이다.

그는 예술가이다.

집착 따위 하지 않는 거침없는 애티튜드,

삶과 세상과 스스로의 눈치를 보지 않는,

즉 겸손을 가장하지 않는 쿨한 자세.

그리고 스스로의 삶이 그대로 묻어나는 목소리와 눈빛.

무엇보다 삶을 대하는 그의 진지한 포즈!

가수가 무대를 대하는 태도는

신 앞에 홀로 선 인간이 삶을 대하는 태도와 같다.

그는 제 삶을 온통 그 눈빛 하나에 담아

관객으로 하여금 깊이를 알 수 없는 나락으로 빠지게도 하고

세상 끝에 홀로 선 고독을 맛보게도 한다.

그리하여 생 그 자체로서의 기쁨 또한 느끼게 한다.

예술은 삶이다.

예술은 꿈이다.

예술은 그 어떤 훌륭한 작품이 아니라 오로지 삶을 대하는 인간의 태도,

기꺼이 세상을 바꾸고야 말겠다는 눈부신 배반이다.

전복을 꿈꾸지 않는 자, 그러므로 예술가라 할 수 없다.

제 안위나 체면, 위상 따위에 놀아나는 자,

100년도 갈 수 없는 허상을 좇는 자이다.

'나'를 좇지 말고 허상을 좇지 말고 눈앞의 안락을 좇지 마라!

적어도 후대에 작은 이야기 하나라도 전하고 싶다면!

당장의 안위가 아니라 백년지계를 꿈꾼다면!

별 연관 없어 보이겠지만 천만에,

연기 못하는 연기자의 문제도 역시 마찬가지이다.

바로 삶에 대한 진지하지 못한 태도가 문제.

삶의 대해 진지하지 않으므로 나와 너의 구분이 있고

그리하여 나 아닌 너에 대한 몰입과 이해도가 떨어지는 것이다.

'너' 와 '나' 는 같다.

'너' 는 곧 '나' 의 또 다른 버전이고 '나' 또한 '너' 의 일부분인 것!

그러나 그들에게 있어 나는 나고 너는 너다.

너의 삶은 나의 삶이 될 수 없고, 나의 삶은 너와는 전혀 별개의 것.

그러므로 눈빛이 깊어지지 못하고 영혼이 통째로 일렁이지 않는 것이다.

그런 얄팍한 눈빛은 영혼이 없는 자에게는 꽤나 어울리는 옷.

영혼이 없는 자에게 타인의 삶은 그저 남의 일일 뿐이다.

결코 자신의 삶을 타인의 생을 지켜보듯 들여다 볼 수 없고

타인의 생을 자신의 삶이듯 아파할 수 없다.

물론 뛰어난 감독을 만나면 반짝 연기를 할 수도 있겠지만

기본적으로 머리가 나쁘면 그런 행운조차도 거머쥐기 힘들다.

전적으로 감독의 역량에 의존하는 연기자는

영혼이 없는 마네킹에 불과한 것!

팀워크를 기본으로 하는 축구나 야구 선수와는 달리

연기자는 스스로의 역량에 더 큰 비중을 두어야 한다.

연기자는 맨유(맨체스터 유나이티드 FC)나 바르샤(FC 바르셀로나),

기아(기아 타이거즈)나 롯데(롯데 자이언츠)가 되어야 하는 게 아니라

한 사람 한 사람이 메시(리오넬 메시[Lionel Messi])가 되어야 하는 것.

주인공 하나하나가 이대호가 되지 않으면 안 되는 것이다.

돌려 말할 필요도 없다.

연기자가 연기를 못하는 이유는 영혼이 없기 때문이다.

당연히 머리가 나쁘기 때문이다.

스스로 주인공에 동화되지 못하니 눈동자가 허공을 떠돌고

눈동자가 허공을 맴도니 눈빛이 얕을 수밖에 없고

눈빛이 얄팍하니 맹한 표정밖에 나올 것이 없다.

주인공의 생을 내 삶이듯 아파할 수 없으니 발연기가 될 수밖에 없는 것이다.

그런 연기자는 주인공을 맡았으되 결국 주인공이 되지 못하고

오로지 '나' 만을 내세우다 끝내 삶의 주인공도 되지 못하는 법.

누구나 신의 롤을 맡아야 하는 삶의 무대에서

끝내 '나' 만을 연기하다 쓸쓸히 무대에서 사라지는

발연기 인간 군상들의 모습과 흡사하다.

물론 한글과 예능프로, 혹은 드라마나 영화를 단순 비교할 수는 없지만

음악, 예능, 영화, 언어 등 문화와 예술의 차원에서 보면,

또한 권위의식을 빼고 보면 그리 다를 것도 없다.

세상을 바꾸는 일은 인간의 근원에 바로 가 닿음으로써 비로소 시작되는 것!

전복을 꿈꾸는 자, 모두 신의 동지이며

삶을 이야기하는 자, 모두 신의 사자이다.

가수가 무대를 그리워하듯 인간이 신을 그리는 것.

그것이 바로 세상을 디자인하는 예술가의 기본자세.

'나' 안에 갇혀있는 가련한 수인이 되지 말고

보다 장대한 그림을 그리는 삶의 예술가가 되라.

'나' 를 이야기하며 나의 입장에 서지 말고

삶을 이야기하며 인간의 입장에 서라.

그리하여 신과 가장 가까운 곳으로 가라!

그곳이 바로 진정한 인간, 참다운 예술가가 있어야 할 자리이다.

2012. 1. 31 16:23

청춘이라고 해서 더 아프지는 않다

청춘에 흘린 피로 나중 한 세계를 만들 수 있다면
너는 얼마만큼 큰 세계를 가질 수 있느냐?

아프다고 징징대기 없기!
고통이란 청춘이라고 해서 더 거대하지 않다.
아기 때는 엄마가 잠시 눈에 보이지만 않아도
우주가 온통 부서져버린 것처럼 통곡하지 않았는가?
살짝 꼬집히기만 해도 송곳에 찔린 듯 자지러지지 않았는가?
자기 세계만큼 아픈 법이다.
자기 세계의 크기와 고통의 크기는 정확히 비례한다.
나이 들었다고 해서 고통의 강도가 약해지는 것은 아니다.
많이 아파보았다고 해서 무뎌지는 것도 아니다.
광대한 세계의 주인은 우주를 짊어진 고통을 감당한다.
신은 그러므로 가장 아픈 자,
아픈 것은 결코 부정적인 것이 아니다.
누구나 꼭 제 그릇만큼의 고통을 감당하는 것,
당신이 아직 쓰러지지 않고 있는 것은

어쨌거나 그것을 감당해내고 있다는 것.

광대한 세계의 주인에게 고통은 이미 고통이 아니다.

그것은 거룩한 것, 성스러운 것

그리고 즐기는 것, 주관하는 것!

기쁨과 슬픔은 다르지 않다.

고통과 환희 또한 같은 유전자를 가졌다.

세상에 공짜는 없고,

고독한 그만큼 위대해지는 법이다.

젊은 네가 흘린 피는 나중 너의 인격이 되고 분위기가 되고 그릇이 된다.

깊이가 되고 폭이 되고 눈빛이 된다.

광대한 세계를 구축하라!

바로 지금 제대로 기초를 다지지 않으면 너의 삶은 그만 부실해지고 마는 것,

너는 바로 삶의 건축가이자 모험가가 되어야 한다.

2012. 2. 13 21:35

깨달음에 열광하라

저항이라고 말하고 싶지는 않다.

그냥 맞장 뜬다고 말하고 싶다.

또한 기존의 가치관을 뒤엎는 것이라고 말하고 싶다.

록의 정신 말이다.

나의 히로인은 로커이기 때문이다.

물론 록밴드를 결성한 것도 아니고,

그 흔한 록페스티벌에도 가보지 못했지만

그는 분명 이 지구상에 최고가는 로커이다.

세상을 엿 먹이기로는 펑크(Punk)에 가깝고,

메시지로 말하자면 포크록이라고도 할 수 있으며

그 활동반경에 있어서는 아직 언더그라운드에 가깝다.

여러모로 소외계급인 입장에선 블루스에 가깝고,

예술성으로 말하자면 이미 밥 딜런, 비틀즈, 롤링스톤즈.

이제 대중성으로도 그들을 넘어설 일만 남았다.

그러나 무엇보다 세상과의 선이 분명한 자기다움.

그 충만한 록 스피릿(Rock Spirit)이야 말로

그가 진정한 로커임을 말해주는 것!

그는 어젯밤 꿈에도 로커가 되어 무대를 휘저었으며
어김없이 광란의 크라우드 서핑을 한 바 있다.
록을 좋아하는 이라면 그를 지켜보라!
그가 앞으로 이 세상의 파도를 어떻게 타고 나아갈지를 말이다.

Here I am!! Rock 'n' roll!!

−신비(妙)어록 '나의 히로인은 로커!' 중에서

Rock will never die!

그렇다.
이제 바야흐로 록의 시대가 도래 했다.
오랜 세월 어둠의 터널에서 울부짖던 록이
마침내 밝은 빛 속으로 걸어 나온 것이다.
록의 시대란 곧 전복의 시대!
전복이란 곧 깨달음의 전제!
오랫동안 어둠을 살았던 나의 히로인 또한
그 충만한 록 스피릿으로
세상을 뒤덮을 준비가 되어 있다.
이제는 누구나 로커를 꿈꾸는 세상이 아니던가?
깨달음은 결코 케케묵은 담론이 아니며,
이 시대 최고의 삶의 방식이자
21세기의 트렌드를 이끌 뉴웨이브 운동,
곧 지상 최대의 쿨하고 섹시한 삶의 스타일임을 기억해야 할 것이다.
깨달음에 열광하라!

깨달음은 결코 절집 스님이나 갓 쓴 선비의 전유물이 아니다.

신비(妙)어록 깨달음 페스티발에 참가하라.

그대의 온몸과 정신을 록 스피릿으로 흠뻑 적셔줄 테니!

그대의 생을 온통 깨달음 스피릿으로 가득 채워줄 테니!

2012. 2. 15 13:11

멋지게 사는 일이란

멋지게 사는 일이란,

당신이 지구에 온 이유는 무엇인가?

라는 질문에 즉답할 수 있을 때부터 시작되는 것.

세상을 보는 커다란 시각,

삶과 인간에 대한 절절한 각성,

바로 깨달음이 전제되었을 때 비로소 얘기할 수 있는 문제인 것이다.

그런 연후에야 참다운 인간을 알아볼 수 있고,

참다운 관계를 맺을 수 있고,

참다운 일을 함께 할 수 있는 것.

보디빌더가 스스로의 몸을 디자인하듯이

예술가가 그 스타일을 완성하듯이

참다운 일이란 바로 삶의 예술가인 당신이 세상을 디자인하는 것.

디자인하라!

당신이 바로 세상의 주인이고 삶의 예술가이다.

멋지게 살라!

결코 당신이 이 지구에 온 까닭을 배신하지 마라.

Life is Design! Design is a Life's ultimate!

2012. 2. 25 16:50

일상의 성사

중요한 것은 비전의 공유이다.

꿈이 있는 인간이라면,

개인적인 성공, 그 이후의 계획이 있는 이라면

정상! 그 이후의 풍경이 그 영혼에 아로새겨진 이라면,

당연히 그의 모든 거취가 바로 그 꿈과 연결되어야 한다.

그대의 사소한 일상이 비로소 성사가 되는 까닭이다.

2012. 3. 2 11:09

어제의 나를 죽게 하는 이 1

좋은 친구란,

자신의 속내를 모두 털어놓을 수 있는 친구가 아니다.

그리하여 말이 날까 두려워하지 않아도 될 만큼

입이 무거운 친구가 아니다.

어느 때고 찾아가서 기댈 수 있는,

손만 뻗으면 잡히는 거리에 있으며,

부르기만 하면 언제든 달려와 주는,

그런 한결같은 친구가 아니다.

영화 속 주인공들을 보라!

막장 드라마의 친구들은

부르기만 하면 달려와 주고

한결같이 주인공의 옆에 있어 주지만

정작 가장 중요한 자신의 삶이 없다,

그저 향단이나 방자에 머물고 만다.

반면 멋진 영화의 주인공들은

언제나 함께하지는 못할지라도

엄연히 자기 삶이 있는 삶의 주인공들이다.

그러므로 좋은 친구란,

자기 자신이 삶의 주인공인 동시에

친구 또한 삶의 주인공이게 하는 이,

자신도 몰랐던 자신의 모습을 일깨워주고,

미처 몰랐던 아름다움에 눈뜨게 하는 이,

신에 매혹되게 하고 깨달음을 감염시키는 이,

뇌를 온통 통째로 바꾸어 새로운 나로 거듭나게 해주는 이다.

어제의 나를 죽게 하고 오늘의 나를

오늘의 나답게 부활시키는 이다.

그런 이야말로 친구라는 이름에 어울리는 이.

친구여, 부디 친구가 되라!

그대는 누군가에게 꼭 필요한 친구가 되어야 한다.

세상에, 세상 사람들에 참다운 친구가 되어야 한다.

2012. 3. 14 15:22

어제의 나를 죽게 하는 이 2

우리는 서로에게,

나는 너에게,

너는 나에게,

친구라는 이름의 신이 되어야 한다.

2012. 3. 14 15:29

그대, 청춘이런가

불안한 미래와 패기,

소외와 존재 그 자체로 눈부신 존재감,

자신감과 무기력이 교차하는 시기.

그 이름, 청춘!

'때로 그토록 무모한 그것' 이 아름다운 이유는

그 시기가 마치 겨울 황혼처럼 지독히도 짧기 때문이 아니라,

무궁무진한 가능성과 희망이 잠재되어 파도처럼 출렁이기 때문이다.

조금은 초라하고 미숙하지만

그 기세만큼은 세상을 집어삼킬 듯 거룩하기 때문이다.

마치 쓰나미(Tsunami)처럼 어쩌면 장대하게

세상 모든 지루하고 구태의연한 것들과 맞서 싸울 수 있는

가장 아름다운 시기이기 때문이다.

그대, 청춘인가?

내 피 끓는 청춘은 여전히 그 기세 씩씩하다.

2012. 3. 26 20:54

인간이라면 이렇게

글을 쓰는 것,

그림을 그리는 것,

노래를 하고 음악을 만드는 것,

운동을 하는 것,

꿈을 키우는 것,

영혼의 순례를 떠나는 것,

마음 통하는 이와 대화를 나누는 것,

선거일에 투표하는 것,

파업에 참여하거나 그를 지지하는 것,

인면수심에 분노하는 것,

이는 단지 예술이거나 정치참여, 또는 모종의 행동이 아니라

그저 '숨을 쉬는 방법' 이다.

포유류는 폐로, 물고기는 아가미로 숨을 쉬지만

인간이라면 마땅히 예의 방법으로 숨을 쉬어야 할 것이다.

Are you a human being?

2012. 3. 31 20:08

206

네 삶의 주인

"나는 내 삶의 주인이다."
"나는 최고다."
"나는 멋지다."
"세상을 바꾸고야 말겠다."
"나는 인류의 대표자다."

이것은 가수가 무대에 설 때의 마음가짐만이 아니다.
모델이 런웨이(runway)에 오를 때의 주문만이 아니다.
행위예술가 김미루가 돼지우리에 들어갈 때에나 해당되는 태도가 아니다.
그것은 인간이라면 누구나 매 순간 직시해야 할,
제 안의 마음의 소리이다.
인간 본연의 자존감의 발로이다.
또한 스스로를 일으키는 인류애의 발현이다.

웅지(雄志)를 품어라,
그것이 바로 네 배경이 되게 하라.
권력이 아니라, 돈이 아니라, 인맥이 아니라

오로지 네 존재감이 너의 백그라운드가 되게 하라.

인간 삶은 생각보다 짧은 것이다.

신과 손잡지 않는 한 그대 생은 그저

파르르 떨리는 형광등과도 같은 것.

우리 기어이 빛과 교류해야만 한다.

그대 단 한 사람이라도 인간을 대표하여

신과 동등하게 교류할 때

인류는 비로소 한 단계 진일보한다.

그것으로 그대 마침내 생의 무의미를 넘어설 수 있다.

You are THE ONE!

2012. 4. 4 11:41

결론은 인격

모든 게 인격이다.

너의 눈빛도, 너의 말투도, 너의 웃음도, 너의 눈물조차도.
노래도, 연기도, 춤도, 연주도,
걸음걸이도, 미소도, 자세도, 시선도,
심지어 먹는 것, 입는 것, 좋아하는 것, 즐기는 것까지도
너의 살아 온 그 모든 궤적들, 앞으로의 행보,
네 시선이 가 닿는 그 모든 점들조차도 죄다,

너의 인격이다.

2012. 7. 19 20:23

매 순간의 서원(誓願)

살아 있다는 것은
그 자체로 이미 아름다운 일!
그러나 세상엔 온통 걸어 다니는 송장뿐이니
사방에 썩은 내가 진동한다.
원래 진흙탕에서 연꽃은 피어나니
내 절망하기 보단 가슴 한 가득 설렘을 선택하리라.
가벼운 산행을 해도 곧고 빠른 길은 재미없는 법!
언제라도 험한 길 가기를 마다하지 않으며,
아무도 가지 않는 길, 뜨거운 가슴으로 기쁘게 달려가리라.
그러므로 그 어떤 순간에도 나 자신을 방어하기 위해
자신을 합리화하지 않을 것이며,
막다른 골목에서 궁지에 몰린다고 해도
결코 변명과 핑계를 일삼지 않겠다.
가련하게도 자신을 부정하는 우를 범하지는 않을 것이며,
자신을 비하함으로써 사랑을 비하하지 않겠다.
열등감은 때론 위대한 반전을 이루어내지만
실은 제가 가장 사랑하는 것부터 파괴하는 법,

제 가장 가까운 사람부터 죽이는 법이다.

그런 연후에야 비로소 스스로를 좀 먹는 무서운 병.

아니, 저는 이미 죽은 채로 제 주위를 살해하는 병.

부디 스스로 움츠러듦으로써 사소한 것에 욕심 부리지 않고

세상 가장 크고 거룩한 것만을 상대하며,

오로지 생생하게 살아 숨 쉬는 일에만 몰두하리라!

그예 아름다움 낳아 내리라!

커다란 연꽃 하나 피우리라!

2012. 8. 6 10:00

비현실과 현실

가장 비현실적인 것이 가장 현실적인 것이다.

바로 눈앞을 생각하는 것보다

먼 후대를 생각하는 일이 더 현실적이고,

먹고 사는 문제보다

깨달음이 더 현실적인 문제이며,

돈을 모은 뒤 꿈을 찾는 것보다

처음부터 꿈을 향해 돌진하는 편이 훨씬 더 현실적이다.

그러므로 비현실을 살라.

더 이상 비현실적으로 살지 않으려면.

Life is unrealistic!

2012. 10. 9 17:12

소외는 세계를 낳고

결핍은 위대한 반전을 낳는다.
소외는 거대한 세계를 낳는다.
고난은 용맹한 정신을 낳는다.
고독은 장대한 이야기를 낳는다.
생은 그예 아름다운 신화를 낳는다.

2012. 10. 16 19:53

God is cool style

제2부

나의 히로인 이야기

God is cool style

철학으로 묻고 미학으로 답하다

신비(妙)어록은 삶의 문제를 이야기하고 있다.
삶의 질문을 철학이라 하고 그 답을 미학이라고 한다면,
신비(妙)어록은 철학에서 시작해 미학으로 끝맺는 글이다.
인간이라면 마땅히 생각해야 할 삶, 그리고 인간에 대해 이야기한다.

인간의 매력에 대해, 인격에 대해, 신(神)에 대해!
신비(妙)어록에 가끔 등장하는 나의 히로인은
초인이자 천재이자 21세기형 선비이다.
또한 '신의 길을 가는 자' 라고도 명명한 바 있다.

신비(妙)어록의 도구는 깨달음이다.
물론 선방의 그것과는 맥을 달리해야 한다.
불경에 의지하지 않았으며 작가 자신의 삶의 경험을
'자신만의 언어' 로 이야기하고 있다.

또한 그 어떤 철학자에게도 빚지지 않았다.
오로지 21세기를 사는 현대인의 세련된 언어로 말하고자 한다.

신비(妙)어록은 그대에게 자기혁명의 길을 묻는다.
그리고 안내한다.

2012. 8. 10

신은 쿨한 스타일이다 1

나의 히로인은 쿨한 스타일이다.
신이 쿨한 스타일이기 때문이다.

그는 모르는 이와 가끔 유쾌하게 대화를 한다.
특별히 낯을 가리지도 않는다.
사실 그 사람들이 피붙이와 다른 점이 무엇인가?
적어도 그들은 그와 아주 쿨한 관계이다.
그에게 시간, 혹은 관계는 애정과 비례하지 않는다.
그에게는 아주 오랫동안 사귀어 온 남도 있고,
몇 번 만나지 않은 지기도 있다.
더욱이 연중행사쯤으로 대면하는 연인도 있고,
이상하게도 자주 마주치는 원수도 있다.
또한 스승 같은 제자, 제자 같은 스승,
가족 같은 남, 남 같은 가족도 있다.

그는 가장 친한 친구와 가장 쿨하게 지낸다.
그의 호오는 간단하다. 쿨한가, 아닌가!

입속의 혀 같은 이는 우선 탈락이다.

말꼬리를 가로채는 이는 피곤해서 인사도 건넬 수 없다.

사사건건 남의 말에 끼어들고 남의 행동에 개입하는 이에게는

어린왕자의 형벌이 필요할 뿐이다.

연속극 드라마가 싫은 이유도

타인의 영역에 침범함으로서 갈등구조를 만들기 때문이다.

지지고 볶는 인간사 희로애락,

너무 지질하기 때문이다.

좋은 사람에게는 좋은 친구가 있다.

좋은 친구는 결코 영역 침범으로 얻을 수 없는 법.

가슴 설레지만 편한 이가 있고,

만만하지만 피곤한 이가 있다.

2007

신은 쿨한 스타일이다 2

설명하지 않기.

해명하지 않기.

변명하지 않기.

나의 히로인은 원작자 겸 감독!

남의 말에 토 다는 표절자를 가장 우습게 여기며

남의 행동에 개입하는 침입자를 가장 역겨워한다.

또한 섣불리 타인의 고통에 알은 체하는 오지랖이나

자신이 질식사시킨 주검을 앞에 놓고도

그를 깨닫지 못하는 당달봉사는 캐스팅하지 않는다.

만약 그러한 미스 캐스팅이 있었다면

애초에 캐스팅을 한 그 시점을 바라볼 뿐,

갈등하고 논쟁하고 바로잡고 그런 거 없다.

캐스팅을 잘못한 자기 자신을 향해

식은 미소 한 번 날리며 떠나는 것이 원작자의 방식!

나의 영화는 끝나지 않는다.

나의 히로인은 신이기 때문이다.

신에게 나이가 어디 있는가?

그의 어머니는 신이며,

그의 아버지는 대지이다.

2007

신은 쿨한 스타일이다 3

만약 내 글을 읽어 줄 단 한 사람의 독자도 없다면

그때에도 계속 글을 쓸 것인가?

이런 가정이 있을 수 있겠다.

내 대답은 간단하게도 'Yes' 다.

물론 잊으면 안 되기 때문이다.

스쳐 지나가는 그 생각들을 기록하지 못해

놓쳐 버리면 안 되기 때문!

당연히 글을 읽을 사람을 의식할 필요가 없다.

솔직히 말하면 인간을 상대하진 않는다.

적어도 신만은 나를 알아볼 것이란 생각이 있다.

혹시라도 있을, 그 신과 같은 시선의,

미지의 누군가를 만날 수 있으리라는 생각이 있다.

100년 뒤, 200년 뒤, 300년 뒤 아니, 나는 영원을 생각한다.

미래에도 고대 유적을 발굴하는 고고학자나

종교학자, 명상가, 예술가들은 있을 것이란 생각.

그것을 또한 신은 이미 알고 있을 것이라는 생각.

그런 생각이 지금 이 순간 온몸의 세포를 깨어나게 한다.

설핏 스치는 생각의 줄기를 잡아채 그 뿌리를 캐어내는 것,
그 뿌리내렸던 땅과 그를 살찌게 했던 햇살까지
모두 어우러져 한바탕 꿈이 되는 것.
그 불가능할 것만 같은 일이 실제로 내 눈앞에서 이루어지면
나의 시나리오에선 매 순간 기적이 일어난다.

시나리오를 쓸 때 제일 중요한 것은 매력적인 캐릭터의 구축이다.
관객을 유혹하고 그들의 마음을 사로잡을 매력!
질컥거리고 끈적거려서는 그들의 마음을 끌 수 없다.
핑계대고 변명하고 지질거리면 도망간다.
관객은 연약하다. 달라붙어 못살게 굴면 질식사 한다
또한 냉정해서 어설픈 구애로는 눈도 꿈쩍하지 않는다.
그들은 신이다. 신을 유혹할 마음가짐이 아니면 실패다.
관객을 모독할 작정이 아니라면 쿨해야 한다.
가장 쿨한 것이 가장 매력적인 것이다.
나의 히로인은 다른 인간에 일체 관심이 없는 대신
인간 그 자체에 관심이 있다.
연애에 관심이 없는 대신, 사랑 그 자체에 관심이 있다.
누군가의 기쁨이나 고통 대신 그의 천재에 관심이 있고
프로필 대신 그의 정신에 관심이 있다.
열등감은 숨겨야 할 것이 아니라 장대하게 키워야 할 것.
열등감을 어떻게 발산하는가에 관심이 있을 뿐이다.

그는 페어 플레이어(fair player)다.
그러므로 져도 진 것이 아니다.

매 순간 새로 시작하므로,

그 모든 것으로부터 자유로이 독립되어 있다.

당연히 변명할 필요도 없다.

뭣 하러 인간을 상대로 긴 말 하겠는가?

바로 신과 담판 지으면 되는데.

전쟁에 이기려면 적의 왕을 끌어내려야 하고

회사를 접수하려면 주주총회를 장악해야 하는 법.

결코 일개 병사들을 상대하지 않는다.

말단 사원에 힘 빼지 않는다.

또한 함부로 친한 척 하지도 않는다.

친구라는 이유로 그의 집에 쳐들어가지 않으며

가족이라는 이유로 그의 방에 쳐들어가지 않는다.

가족이니까 허용되고 친구니까 봐주고 그런 거 없다.

오래 사귀었다고 더 친하고 처음 봤다고 내숭 떨고 그런 거 없다.

그에게 정을 기대하느니 차라리 로봇이 인간되길 기다리는 게 낫다.

그는 오로지 자기 삶의 원작자이다.

오늘도 어둠 속에서 홀로 야릇한 미소를 지어 보일 뿐,

그를 알아주는 이 없다 해도 슬퍼하는 일 따윈 없다.

그에겐 비장의 카드가 있기 때문이다.

제갈공명은 자식 같은 마속을 참하며 울었다던가.

나의 히로인은 거치적거린다면

제 손으로 제 심장이라도 꺼낼 위인이다.

그저 신의 눈높이로 자신의 영화를 바라볼 뿐!

가끔 너절한 장면을 부탁하는 관객도 있지만

그건 나의 히로인을 몰라서 하는 말이다.

그가 그런 어처구니없는 장면을 찍는 실수를 범한다면

차라리 제 영화 속으로 뛰어 드는 선택을 할 것이다.

그리하여 무심히 주인공 옆을 스쳐 지나는

어느 경찰관의 총이라도 빼앗아들고 뒷골목으로 사라질 것이다.

그렇게 자기를 죽이고 또 태연하게 앉아 '액션!'을 외칠 것이다.

너절한 장면은 매력 없는 인물이 만드는 것.

물론 매력 없는 인물도 엄연한 안타고니스트로서

주인공을 부각시킬 역할을 부여받을 수는 있겠지만

나는 악역이나 조연이나 단역조차도 매력적이어야 한다고 여긴다.

크든 작든 각자 자기별의 대표로서 책임감을 가져야 하지 않겠는가?

험한 숲길이나 산길을 가다가 마침내 목적지에 다다랐을 때

그는 그 장면을 하늘 높이에서 부감으로 잡는다.

영화 〈얼라이브〉(alive, 1993)에서 생존자가 마침내 목적지에 다다랐을 때

그 환희에 차고 어쩌면 거룩하기까지 한 부감촬영 말이다.

각 부감 샷은 저마다에 어울리는 촬영기법이 있다.

반가운 친구끼리 둘러 앉아 술잔을 기울일 때는

각자의 개성이 잘 묻어나도록 각각의 포즈를 살려 찍어야 한다.

그리운 친구를 만났을 때는 가까운 높이에서

미세한 표정이 그대로 살아나도록 찍고

감정이 배제된 군중 속 주인공의 우아한 미소는

부감 외에도 주위의 배경과 군중의 표정도 슬로우로 잡아 주어야 한다.

그런 장면에 필수적인 것은 분위기를 고조시켜줄 배경음악이다.

아침에 눈을 떴을 때는 나탈리 머천으로 시작되는

어느 멋진 날 O·S·T가 필요하다.

하늘거리는 흰색 커튼과 그 사이로 비춰드는 햇살이

꿈결로부터 아침으로 한결 자연스럽게 건너오게 해준다.

나른한 여름 오후에는 청량한 조지 윈스턴(George Wimston)이나

쿨한 제리 라퍼티(Gerry Rafferty).

좋은 친구 만나 술 한잔 할 때는 이문세 5집.

혼자 운전할 때는 로이 오비슨(Roy Orbison)의 인 드림스(In dreams).

비 오는 오후에는 리 오스카(Lee Oskar)의 하모니카 연주.

커피 향 짙은 재즈카페에서는 게리 무어(Gary Moore)의 초강력 감성 에너지.

아무 생각 없이 고개 끄떡이며 음악을 즐기고 싶을 땐 신예, 빅뱅도 좋다.

생의 매 순간 영화를 볼 수는 없지만 생의 매 순간 영화를 만들 수는 있다.

단 한 순간의 장대한 영화, 단 한 편의 짧은 영화를!

2008

신비(妙)어록은

아주 가끔은 "깨달음을 얻으셨나요?" 하고 묻는 이가 있다.
그 황당한 질문에 답하기란 유치한 일이거니와,
신비(妙)어록은 단지 내 상상의 산물이거나
어떤 이상향을 그리는 '소설'이 아니라
나 자신을 관찰한 '절대인간보고서'이다.
타인의 생을 보듯 나 자신의 생을 지켜보고
마치 일기처럼 순간순간을 기록한 내 삶의 연구서!
─혹은 친구에게 보내는 편지, 신에게 띄우는 연서이다.

2008

너에게 하고픈 말

"나는 네가 숨을 쉴 때마다 홀로 고독하길 바란다.
아니 날마다 질식하여 처참한 주검이 되길 바란다.
백골이 부서지고 또 부서지어 흔적도 없이 사라지길 바란다.
그리하여 매 순간 그 주검 위에서 꽃으로 피어나길 바란다."

2009. 6. 24 08:49

내 안에는 풍경이 있다

신비(妙)어록은 글이 아니라 그림이다.
그러므로 쓰는 것이 아니라 그리는 것,
내 안의 풍경을 있는 그대로 묘사한 것이다.
내 안에는 어떤 그림이 있다.

완전한 그림,
완전한 풍경,
있는 그대로를 묘사하려면
새끼를 낳은 어미 곰처럼 예민해지지 않으면 안 된다.

가끔 칼끝보다 더 예리해지고
마녀보다 더 독해진다.
선비보다 꼬장꼬장해지고
옛 선사보다 불같아진다.

나는 매 순간 그 놀라운 풍경을 하늘에서 굽어보는 것이다.
또한 자유자재로 날아다니며 구석구석을 섭렵하는 것이다.

차라리 나의 세계를 찍을 수 있는 카메라가 있다면 좋겠다.
내 안의 풍경을 있는 그대로 너에게 전송할 수만 있다면!

지금 이 순간도 이렇게 글을 쓸 수밖에 없는 이유.
바로 내 안의 풍경이 아름답기 때문이다.
신과 인간의 만남과도 같은
거룩한 관계가 바로 그 안에 있기 때문이다.

2009. 8. 30 14:27

완전한 캐릭터

나의 히로인에게 완벽한 인간이란,
완벽한 스펙을 가진 자를 말함이 아니라
자신만의 룰을 완전하게 체계화한 자를 말함이다.

또한 그에게 완벽주의란,
매사에 완벽을 기하는 태도가 아니라
자기만의 왕국을 완전하게 구축함을 말함이다.

그러므로 그에게 완전한 인간은,
스스로 이 세상에 소속되거나, 혹은 소속되지 않음으로써
오히려 더욱 광대하게 존재하는 이를 말한다.

말하자면 자유인이다.
광대한 영혼은 이 세상에 머물고 있으면서도
동시에 완전하게 자기 세계에 존재할 수 있는 것.

물론 자폐증과는 다르다.

여기서 자기만의 세계란 스스로의 의도가 개입되어 있음을 말한다.
또한 소통이라는 목적이 뚜렷하게 있기도 하다.

그는 단연코 속물이나 현실주의자가 아니지만
그렇다고 사람들이 상상하는 성인군자나 도덕주의자도 아니다.
오로지 제 삶을 통째로 예술로 여기는 자일 뿐!

따라서 그의 캐릭터를 굳이 형상화해 보자면
검을 제 팔처럼 자유자재로 쓰는 검의 달인,
때를 기다리는 울음을 우는 검을, 가슴 깊이 품은 자,

바로 벼랑 위에 선 형형한 눈빛의 검객이 될 터이다.
또한 많은 영화에서 신비의 방랑객쯤으로 구현된,
'홀연히 나타났다 휘적휘적 사라지는 나그네'도
그리 멀지 않은 설정이 되겠다.

                                    2009. 10. 23 10:07

안정감은 나를 파괴한다

안정감!

보통 사람들에게 그것은 일종의 행복,

어쩌면 궁극의 지향점일지도 모르지만

나의 히로인에게 그것은 더 이상 그를 그일 수 없게 하는 것!

곧 그 자신을 파괴하는 덕목(?)인 셈이다.

그가 원하는 것은 안주하는 삶이나 나른한 행복감이 아니라,

오로지 날 선 칼끝 같은 선선함,

혹은 당겨진 활시위 같은 팽팽함이다.

그렇다. 안정감은 그를 파괴한다.

2009. 11. 6 14:00

나의 히로인은 섹시하다

나의 히로인은 섹시하다.
그는 남들과 생각하는 것이 다르므로 캐릭터가 분명하게 살아있다.
당연히 남들과 자신을 비교하지 않으며
애초 열등감을 가질 일이 없다.

그는 오로지 신밖에 모른다.
신의 계획만이 그의 관심사이며
신의 길만이 그의 길이다.
따라서 쿨할 수밖에 없다.

그는 깨달음의 세계에 산다기보다 깨달음 그 자체이다.
제 삶을 이야기하는 것이 아니라 삶 그 자체를 이야기한다.
이미 제 몸에 체화된 것들이 그의 움직임대로 그저 반짝인다.
살아간다기보다 우뚝 존재한다. 그러므로

"그는 섹시하지 않을 수가 없다."

2009. 12. 2 16:47

지구인의 사명

만남이란 지구인에게 주어진 특별한 사명!

우리가 어느 날 약속을 해서 특정한 시간에 만나던

매일 같은 집에서 얼굴 대하며 살던 만난다는 것은

기실 너와 내가 서로 만나는 것이 아니라

너는 너의 쌍둥이 영혼을 만나는 것이고,

나는 나의 또 다른 버전을 만나는 것이다.

그러므로 우리 엄밀히 말하면 서로 만난 적이 없다.

아니, 네가 대단히 지혜롭고 쿨하며 성스럽기까지 하다는 전제하에

단 한 순간 극적으로 만났을 수는 있을 것이다.

너의 쌍둥이 영혼이 아닌 참다운 나를, 나 그대로의 나를!

우리의 삶이 서로 완전하게 포개어지길 바랄 수 없는 이유이다.

모임이나 데이트, 혹은 연애나 결혼 같은 것으로는 더욱 그러하다.

근본적으로 서로 다른 별에 앉아 있는 우리에게

그러므로 '지금 이 순간의 기적'은 중요하다.

그 단 한 순간이 바로 영원이 되고 불멸이 되기 때문이다.

만나라! 그러나 서둘러 서로의 삶을 포개지는 마라.

2009. 12. 13 21:59

236

여자와 남자를 뛰어넘기

여자에 대해 탐구하지 마라.

또한 남자에 대해 해명하지도 마라.

당신이 단지 여자 혹은 남자를 가르는 것은

자기 자신을 편협한 틀에 가두는 일일 뿐만 아니라

자신과 타인을 공히 모욕하는 일이 된다.

여자든 남자든 누구나 그를 뛰어넘는 인간이 될 일!

더구나 나의 히로인은 일개 여자가 아니다.

그는 오로지 인간의 신성(神性)일 뿐!

2010. 1. 8 11:35

너에게 궁금한 것은

"너의 일거수일투족을 내게 말하지 마라!
내가 궁금한 것은 너의 사생활이 아니고,
너의 과거나 미래도 아니다.
내가 궁금한 것은 다만, 너의 현재!
너의 지금 이순간이 얼마나 생생하게 살아 숨 쉬는가, 그것이다.

너의 천진난만했을 어린 시절도,
혈기왕성하고 또한 화려했을지도 모를 청년시절,
지금껏 살아온 너의 모든 히스토리(history),
굳이 꺼내어 들추어 보고 싶지는 않다.
내가 궁금한 것은 오로지 지금 이 순간!

너는 매 순간 죽고 다시 태어나는가?
그리하여 싱싱한 활어처럼 펄펄 살아 숨 쉬는가?
세상 그 무엇보다 '관계'를 가장 소중하게 여겨
우리의 관계가 늘 살아 있도록 하고 있는가?
마침내 너는 존재 그 자체로서 존재하는가, 오로지 그것 하나뿐이다."

2010. 1. 13 20:49

나의 불가능한 꿈은

나의 꿈은 이 세상을 뒤집어엎는 것!
소외받던 자가 환영받고 비주류가 주류를 삼켜 버리는,
아무도 알아주지 않던 비운의 천재가 마침내 그 뜻을 펴는 세상.
그리하여 날개 잃은 새가 비상의 꿈을 이루는 세상.
요원하지만 결코 불가능한 일은 아닐 것.
아니, 그리 멀지 않은 미래의 일이라 하겠다.

그러나 내가 꾸는 진짜 꿈은 내가 보는 풍경을 너도 보는 것!
혹은 매 순간 그 풍경을 너에게 전송하는 것.
그리하여 더 이상 내가 나에 대해 설명하지 않아도 되는 것.
눈빛 하나만으로 너와 대화하는 것이다.
어쩌면 이 세상을 통째로 뒤집어엎는 것보다 어려운 일.
나의 불가능한 꿈은 세상을 전복하는 일보다 더 외롭다.

2010. 1. 14 12:55

나의 세계를 너에게 전송하고 싶다

너에게 나의 세계를 전송하고 싶다.
컴퓨터나 핸드폰도 없이
오로지 나의 의지만으로 멀리 있는 너와 대화하고 싶다.

아무런 도구도 없이
그저 네가 보내준 이미지를 머릿속에 떠올려 너와 교감하고,
내 세계의 풍경을 고스란히 너에게 전해줄 수 있다면!

네가 아플 때에
너의 방 천장에 나의 생각을 전송하고
내가 우울할 때에 내 방 유리창을 배경으로 네 마음을 받아 볼 수 있다면!

너는 일을 하다 문득
너의 가슴속에 뜬 나의 메시지를 확인하고
나는 잠을 자다 불현듯 꿈속으로 스며든 너의 사랑을 맞닥뜨릴 수 있다면!

지금 이 순간도 나는

이 불가능 속으로 걸어 들어가곤 하는 것이다.
나의 세계는 사실 불가능과 가능의 경계가 모호하다.

나는 매 순간 너에게
나의 세계를 전송하고 있기 때문이다.
또한 가끔 나의 세계를 똑같이 묘사하는 너를 보기 때문이다.

나의 세계에는 사실
불가능이란 없기 때문이다.
너의 세계도 원래는 그러하기 때문이다.

2010. 1. 15 09:00

나의 히로인의 성별

나의 히로인에게 있어 삶의 모델 따위는 없다.
그는 완전하고도 이상적인 자기 세계의 주인공으로서
태초부터 지금까지 결코 볼 수 없었던 전무후무한 캐릭터이다.

또한 누군가의 롤 모델이 되기를 원하지도 않는다.
그는 단연코 엄격한 도덕주의자가 아닐뿐더러,
오히려 조금은 퇴폐적이기까지 한 자유, 그 자체이기 때문이다.

그의 성별은 사랑, 직업은 창조, 나이는 영원,
스타일은 자유로운 변주, 매 순간의 목적지는 완전한 소통,
무대는 온 우주이기 때문이다.

2010. 8. 11 11:23

멀리서 보면

인간의 무리에서 떨어져 나오면
인간이 더욱 잘 보이는 법!
자연은 그렇지 않지만,
인간은 멀리서 보면 아주 작고 초라해 보인다.
그저 한낱 개미와 같아서
그 어떤 분노도, 욕심도 생기지 않을 뿐더러
연민의 감정마저 느껴지는 것이다.
그저 줄지어, 떼 지어 몰려다니는 그 작고 아까운 생명들을
내가 무심코 밟지나 않을까 조금 신경이 쓰일 뿐이다.
물론 아주 가끔은 꿈속에서처럼 개미집을 통째로 수몰시킬 때도 있지만!
나는 자주 꿈속에서 지구와 다른 별들을,
때론 온 우주를 폭파해버리곤 하는 것이다.

2011. 1. 5 09:00

나의 목적은 오로지 신

나는 언제나 자연의 여신처럼 게으름을 부리며 놀다가
문득 가슴이 뜨거워지면 피를 토하듯 나의 사상을 토해낸다.
그것은 물론 먼 미래에 올 수많은 칼릴 지브란*들에게 힘을 주고
후대의 인간들에게 아름다운 정신으로 전해질 것들!

소로우처럼 자연 속을 거닐며 오염되지 않은 글을 쓰고
태공망처럼 유유자적 나에게 주어진 때를 기다리는 것,
베짱이처럼 노래하고 고흐처럼 피로 그림을 그리는 것은
모두 신과 가까이 지낸, 찬란했던 내 생의 증거가 될 것이다.

나의 목적은 오로지 신!
스스로 인간이면서 인간보다 신과 가깝게 지내는 것,
자연 속에서 어린아이처럼 뛰어 노는 것은

*칼릴 지브란(Kahlil Gibran, 1883~1931): 철학자, 화가, 소설가, 시인으로 유럽과 미국에서 활동한 레바논
의 대표작가. 영어 산문시집 『예언자』, 아랍어로 쓴 소설 『부러진 날개』 등의 작품으로 유명하며 저작들
에 직접 삽화를 싣기도 하였다. 예술 활동에만 전념하면서 인류의 평화와 화합, 레바논의 종교적 단합을
호소했다.

이미 세상에서 가장 사치스러운 일(職業)이자 생의 최고의 놀이.

언제나 지금 이 순간이 딱 죽기 좋은 순간이어야 한다.
한밤중에 불현듯 떠오른 생각으로
계획에 없던 곳으로 불쑥 여행 떠날 용기만 사라지지 않으면 된다.
내게 필요한 건 행복이 아니라 완전하고도 거룩한 '지금 이 순간' 이다.

2011. 1. 6 09:00

신이 되기를 꿈꾸는 인간

나의 히로인은 신이 아니라,

신의 길을 가는 인간, 신이 되기를 꿈꾸는 인간이다.

그러나 그가 만약 애초부터 신이었다면,

그보다 더 광대한 존재를 꿈꿨을 것이다.

그것은 바로 -신이 되기를 꿈꾸는- 인간을 발견하는 일!

그리하여 친구가 되고 서로를 상승시키는 일,

그리하여 더욱 더 광대한 신이 되는 일일 것이다.

인간에 안주하는 인간은 인간다운 인간이 될 수 없듯이

신도 안주하고 있어서는 신다운 신이 될 수 없다.

2011. 1. 26 11:24

쓰는 것이 아니라 배 아파 낳는 것이다 1

사람들은 글 잘 쓰는 비법을 잘도 나열한다.

또한 글을 쓰며 갖은 지식을 동원하는 것은 물론이고,

자신이 잘 모르는 것에 대해서도 서슴없이 써댄다.

그들은 자신이 잘 모르는 것에 대해 썼다는 사실이 아니라,

세상에 자신이 모르는 것이 있다는 사실을 부끄러워하는 것 같다.

그러나 쓰기 위한 글은 글이 아니다.

또한 글을 쓰는 데에 비법이란 있을 수 없다.

그저 제가 경험한 것, 그리고 가슴에 사무치는 것을 풀어놓으면 된다.

그것은 써야겠다, 결정한다고 써지는 것이 아니다.

절절하면 저절로 그렇게 흘러넘치는 것이다.

뜨거워서 토해내지 않으면 안 되는 것이다.

그것은 쓰는 것이 아니라 아파하는 것이다.

쓰는 것이 아니라 요동치는 것이다.

쓰는 것이 아니라 내 배 아파 낳는 것이다.

2011. 1. 8 12:21

쓰는 것이 아니라 배 아파 낳는 것이다 2

나는 내가 경험하지 않는 것은 글로 쓰지 않는다.
내 가슴을 관통하고 지나간 그 무엇이 아니면
이미 내 마음에서 껍질처럼 벗겨지고 없기 때문이다.
한여름의 천둥처럼 한 번쯤 내 가슴 요동치고
번득이는 섬광처럼 내 가슴 예리하게 베이지 않은 것은
그 무엇도 내 삶의 숙성된 와인이 될 수 없다.
태풍이 휩쓸고 간 자리처럼 내 가슴 서늘해질 때에
비로소 나는 내 모든 것을 토해내었구나 느낄 뿐이다.

2011. 1. 8 16:15

쓰는 것이 아니라 배 아파 낳는 것이다 3

'당신은 어떤 글을 씁니까?'
누군가 내게 이렇게 묻는다면 나의 대답은 간단하다.

신과 인간, 우주, 그리고 천재.
이것이 내 가슴을 가장 뜨겁게 하는 것들이라고!

시공을 초월하여 내 글쓰기의 모티브가 되는 인간.
물론 후대의 인간도 여기 포함되지만 내가 말하는 것은 인간 그 자체이다.

또한 그 무엇보다 나와 강렬하게 연결되어 있는 신.
신과 연결되어 있지 않다면 인간에 대한 글은 의미가 없어진다.

그리고 내 모든 생각과 사상의 배경이 되는 우주.
나는 가족, 혹은 지역, 국가에 한정된 사고를 경멸한다.

혹은 내가 거의 매일 한 명씩은 발견하는 천재.
스스로 발견하지 못했을 뿐 사람들에게는 저마다 어떤 천재가 있다.

나는 정말 내가 경험한 것들만 쓴다.

내가 가장 잘 아는 것들, 가장 뜨거운 것들에 대해서만!

2011. 1. 14 09:29

쓰는 것이 아니라 배 아파 낳는 것이다 4

나는 노느라 특별히 바쁘지만 않다면
매일 새벽 가슴으로 글을 쓴다.

한없는 게으름에 빠져들 때에 내 가슴은 뜨거워지기 때문이다.
아무것도 방해받지 않고 혼자 있을 때에 내 가슴 요동치기 때문이다.

오로지 홀로 한없는 게으름에 몰입하고 집중할 때에
비로소 내 가슴 길들여지지 않은 야생마가 되어 광야를 달리는 것이다.

그럴 때에 내 마음은 저 천공으로 비상하고,
저 광대한 우주를 찰나에 가로지른다.

그런 까닭에 나는 정신없이 바쁜 것을 지독히도 경계한다.
그런 까닭에 섣불리 사람들과 어울리는 것을 경계한다.

2011. 1. 17 11:10

쓰는 것이 아니라 배 아파 낳는 것이다 5

각종 지식과 상상력, 그리고 체험이나 무용담,

글쓰기의 재료는 많다.

또한 많은 사람들이 그런 재료들을 가지고 글을 쓴다.

그러나 나의 경우는 다르다.

재료 따위는 필요 없다.

오로지 뜨거운 가슴이 필요할 뿐,

신은 자신을 표현하는 데에 있어

지식이나 다른 어떤 재료로도 치장하는 것을 거부하기 때문이다.

2011. 1. 18 09:30

쓰는 것이 아니라 배 아파 낳는 것이다 6

신비(妙)어록은 나쁜 글이다.

관공서에 흔히 비치된 좋은 글, 예쁜 글을 보면 더욱 그렇다.

그러니 부디 조심하라!

언제 당신 가슴 관통하고, 상처를 낼지 모른다.

그 뜨거움에 당신 가슴, 언제 데일지 모른다.

태양을 삼킨 자의 행보는 거칠고 냉정할지언정,

예쁘고 착할 수만은 없다.

2011. 1. 18 16:43

쓰는 것이 아니라 배 아파 낳는 것이다 7

신비(妙)어록은 글이 아니라 그림이다.
또한 서술이 아니라 묘사이다.
사람들이 막연하게 하는 생각을 나는 단지 더 절절하게 할 뿐,
아름답게 표현하기 위해 노력하거나
발군의 상상력을 동원하는 것은 전혀 아니다.
내 세계의 생생한 그림을 있는 그대로 옮겨놓은 것.
신비(妙)어록은 신과 인간에 대한 최고의 어플리케이션이다.

2011. 1. 28 11:38

쓰는 것이 아니라 배 아파 낳는 것이다 8

신비(妙)어록은 언제 어디서나 무료로 다운받을 수 있는 최고의 어플!
그러나 기타 어플도 기타를 치지 못하면 소용이 없듯이
신비(妙)어록도 신과 연결되어 있지 않으면 사용할 수 없다.
다만, 관객이 되어 그 환상의 연주를 감상하고 음미할 수는 있다.
또한 매 순간 업그레이드되므로 언제나 최신판이다.
자고로 젊은이들이라면 언제나 시대를 이끌어가야 하는 법.
매 순간 최고의 공연장에서 마에스트로의 연주를 들어라.

2011. 1. 28 12:03

쓰는 것이 아니라 배 아파 낳는 것이다 9

상상력이 아니라 원래 존재하는 것이다.

쓰는 것이 아니라 내 배 아파 낳는 것이다.

서술이 아니라 묘사이다.

글이 아니라 그림이다.

신비(妙)어록은 책이 아니라,

명상록이 아니라,

또 하나의 광대한 세계이다.

2013. 2. 27 15:06

완전히 혼자되기

이 사회에서 삭제된 사람들이 있다.
아니, 스스로를 삭제한 사람이 있다.
스스로를 삭제하면 제일 가까운 사람조차도
아무런 죄책감 없이 그를 삭제해버린다.

그러나 존재란 언제나 다시 조금씩 희미하게 드러나는 법!
매 순간 스스로를 지우지 않으면 안 된다.
사회라는 것은 통속적이며 어느 정도 천박한 것.
혼자 있을 때면 어김없이 그 징후를 발견하곤 한다.

사회와 아주 조금 가깝게 지냈을 뿐인데도
조금은 산만해졌으며,
게다가 평생 전혀 쓰지 않던,
내가 그렇게도 경계하던 가벼운 말들을 쓰고 있다는 사실을 발견했다.

이럴 바에는 이 사회에서 완전히 삭제되는 편이
차라리 나을지 모른다는 생각조차 든다.

어차피 사회로 통하는 문의 열쇠는 내가 가지고 있으니까!
어차피 완전히 혼자가 되지 않으면 완전한 사회인이 될 수 없는 법이니까!

그리하여 나는 오늘도 사회와 연결된,
간당이는 다리 하나를 끊어 버렸다.
마치 꿈속에서 하늘로 날아올라
지구와 다른 별들을 차례로 폭파해버렸듯이.

2011. 2. 1 10:30

매 순간 나를 넘어서

누군가 어릴 때의 나에게 꿈이 무엇이냐고 물었다면
나의 꿈은 나를 넘어서는 것이요, 하고 대답했을 것이다.

이미 오래전 꿈을 이룬 지금의 나에게 누군가 또 그렇게 묻는다면,
지금도 역시 나는 나를 넘어서고 있다, 고 대답할 것이다.

신도 매 순간 신 자신을 넘어 신 그 이상의 신이 되어야 하듯이,
나는 지금도 역시 매 순간 나를 넘어서는 것이 유일한 꿈이다.

아무리 광대한 존재라 해도 한 자리에 머물러 있어서는
결코 참다운 존재, 존재다운 존재라 할 수 없는 법!

매 순간 시간을 비껴가며 그 위용을 더해가는 태산(?)처럼
나 역시 매 순간 나를 넘어서 지금 이 순간 가장 큰 '나' 가 된다.

2011. 2. 3 14:38

마음은 언제나 새벽

새벽, 아직은 어두운 새벽.
홀로 잠에서 깨었을 때,
내 가슴은 야생마가 되어
마치 상상 속의 유니콘처럼 저 우주를 가로지른다.
내 세계 곳곳을 날아다니며 그 어떤 것에도 방해받지 않고,
내가 봐야 할 것들을 보고 내가 느껴야 할 것들을 느낀다.
내 세계는 매 순간 새 뉴스들로 업그레이드되기 때문이다.
마치 사람들이 스마트폰으로 뉴스를 검색하는 것과 같다.
그 시간이야말로 혼자 있으며 가장 고요한 시간!
물론 내 가슴은 언제나 새벽일 뿐, 밤은 절대 오지 않는다.

2011. 2. 8 11:21

260

섹시할 권리

인간은 누구나 섹시할 권리가 있다.

길들지 않은 야생마 같은 사람.

투박하지만 사려 깊고,

다듬어지지 않았지만 수려한 그 모습이

마치 광채 나는 원석 같기 때문이다.

사회적으로 세련된 것이 아니라,

인간적으로 세련된 사람.

사회에서 요구하는 트렌트적인 미가 아니라,

자기만의 아름다움이 향기가 되어 강하게 풍기는 사람.

언제나 어떠한 상황에서도 모든 것이 준비되어 있는 사람,

지금 이 순간 당장 떠나거나 죽어야 한다면

서슴없이 훌훌 털고 일어나는 사람,

바로 자기 나름의 스타일로 완전하게 세팅되어 있는 사람.

그런 사람이 섹시하다.

누구나 섹시할 의무가 있다.

2011. 2. 18 10:18

세상의 망명객

언제나 망명객처럼 세상의 벼랑 끝에 서 있다가
결국 하얗게 바래져 연기처럼 사라진다 해도
현실에 갇혀 날개를 꺾인
무기력한 생활인은 되지 않겠다.

나는 매 순간 스스로에게 선언한다.
생존이라는 미로에 묶여 생활인이 되느니
홀로 어둠 속에서 비밀을 간직한 채,
끝내 세상과 타협하지 않고 불길 속에서 다시 사는 마녀가 되리라!

생활인이라면 이미 세상에 널려 있는데다가
그는 더 이상 나 자신도 아니다.
나의 세계는 세상보다 장대하며
나의 날개는 훨훨 날아다니기에 좋은 것!

세상에서 날아다닐 수 없다면
나의 세계에서, 또한 세상의 불길 속에서

찰나를 영원처럼 날아다니며

세상에 없는 장엄한 것들하고만 소통하여도 좋다.

2011. 2. 18 11:40

신의 친구란

신의 친구라는 것은 참으로 멋진 거다.
아들도 아니고, 제자도 아니고, 단순한 동료도 아니고
그야말로 친구라는 것은!
마침내 인간의 비참을 극복하는 것과
삶과 인간에 대한 모든 의문이 풀리며,
어떠한 문제든 해답을 알게 되는 것은 기본!
그리고 생에 한 번쯤 나와 같은,
또 다른 신의 친구를 만날 수 있는 것이 옵션이다.
이 얼마나 남는 장사란 말인가?
신의 친구란 바로 매 순간 신이 준 로또대박을 맞는 것이다.
물론 신도 당연히 대박 맞은 것이다.
나는 결코 아무나 하고 친구하는,
그런 호락호락한 인간이 아니기 때문이다.

I am a God's Friend!

2011. 3. 4 10:48

나는 섹시하다

나는 섹시하다. 고로 존재한다.

2012. 3. 7 22:19

신의 응답

신비(妙)어록은 신의 응답이다.
또한 세상과의 관계이다.

통한다는 것은 눈빛을 마주한다고 되는 것이 아니라
상대의 부름에 응답해 줄 때 가능한 것!

관계란 응답해주었을 때
바로 옆에서 함께 있는 것보다 아름다울 수 있다.

내가 신을 불렀을 때 기다렸다는 듯이 신이 응답해준 것처럼!
신이 부르기도 전에 내가 장대하게 자라난 것처럼!

2011. 3. 8 12:26

나의 히로인은 로커

저항이라고 말하고 싶지는 않다.

그냥 맞장 뜬다고 말하고 싶다.

또한 기존의 가치관을 뒤엎는 것이라고 말하고 싶다.

록의 정신 말이다.

나의 히로인은 로커이기 때문이다.

물론 록밴드를 결성한 것도 아니고,

그 흔한 록 페스티발에도 가보지 못했지만

그는 분명 이 지구상에 최고 가는 로커이다.

세상을 엿 먹이기로는 펑크(Punk)에 가깝고,

메시지로 말하자면 포크록이라고도 할 수 있으며

그 활동반경에 있어서는 아직 언더그라운드에 가깝다.

여러모로 소외계급(?)인 입장에선 블루스에 가깝고,

예술성으로 말하자면 이미 밥 딜런, 비틀즈, 롤링 스톤즈.

이제 대중성으로도 그들을 넘어설 일만 남았다.

그러나 무엇보다 세상과의 경계가 분명한 자기다움!

그 충만한 록 스피릿이야 말로

그가 진정한 로커임을 말해주는 것!

그는 어젯밤 꿈에도 로커가 되어 무대를 휘저었으며
어김없이 광란의 크라우드 서핑을 한 바 있다.
록을 좋아하는 이라면 그를 지켜보라!
그가 앞으로 이 세상의 파도를 어떻게 타고 나아갈지를 말이다.

Here I am!! Rock 'n' roll!!

2011. 3. 9 10:01

절대희망의 메시지

희망은 절망의 반대편이 아니라
절망의 한 가운데에 있는 말이다.
삶이 절망적이면 절망적일수록
희망만이 오롯이 살아 숨 쉬는 것이다.
말하건대 어떠한 경우에도 희망은 있다.
신비(妙)어록은 바로 그 '절대희망'의 메시지이다.
세상은 어차피 절망 그 자체이지만,
그 가운데 언제나 희망이 봄꽃처럼 생생하게 피어난다.
흡사 모든 것이 흑백인 나라에
마침내 노란 꽃 한 송이 피어난 것처럼!

2011. 3. 12 21:12

재미있는 일

내게 재미있는 일을 이야기하자면
신비(妙)어록 중 일부를 다시 발췌할 수밖에 없다.
한번 보자.

"나는 천재다!
내가 스스로 그렇게 결심했다. (하략)"

(2006~2007)

당시 많은 사람들이 이 글의 첫 문장을 보고 아연실색했었다.
'천재'라는 단어에 집중한 까닭에 적잖이 당혹스러웠으리라 생각한다.
그러나 생각해보라.
결심이라니!
통쾌하지 않은가?
나는 신을 엿 먹일 때가 가장 재미있다.
물론 곁들여 당황하여 어쩔 줄 몰라 하는 사람들을 보는 것도 흥미롭다.

"신의 친구라는 것은 참으로 멋진 것이다.

(중략)

신의 친구란 바로 매 순간 신이 준 로또대박을 맞는 것이다.

물론 신도 당연히 대박 맞은 것이다.

나는 결코 아무나 하고 친구하는,

그런 호락호락한 인간이 아니기 때문이다."

(2011. 3. 4)

사실을 말하자면,

신을 엿 먹인다기보다 세상을 엿 먹이는 것이다.

경직된 사람들의 생각을 한 방에 깨뜨리는 일.

진정 통쾌한 일이 아니겠는가?

"하지만 나는 지금 죽어도 성공한 인생이에요.

웃으면서 죽을 겁니다.

하느님이 보우하사, 웃는다는 게 아니라

내가 스스로 신을 매력적인 존재로 거듭나게 했으니까, 웃을 수 있어요.

내가 신을 사랑하는데, 그리하여 신이 구원받았는데

신이 날 미워하겠어요?"

(2007)

솔직히 말하자면,

세상을 엿 먹인다기보다 기존의 가치관을 뒤집어엎는 것이다.

사람들로 하여금 타성에 젖은 스스로의 생각을 관찰하게 하기.

전복의 오르가즘!

"나는 당당하게 말한다.

신이여, 이 우주를 통틀어 가장 매력적인 존재로 거듭나라!

이것이 내가 지금 이 순간 신에게 할 수 있는 바, 최고의 예찬이다."

(2007)

좀 더 솔직하게 말하자면,

기존의 가치관을 뒤엎어 세상을 완전히 뒤집어엎자는 것이다.

일종의 역적모의, 정신의 혁명, 신대륙 건설.

나에게 있어 재미있는 일이란 바로 이런 것이다.

또한 내 친구를 알아볼 수 있는 기준이기도 하다.

이 기분에 공감하는 사람이라면 손을 흔들어 주어도 좋다.

내 친구가 도대체 몇 명쯤 되는지는 나도 궁금하니까!

2011. 3. 14 09:30

신과 인간의 관계

나는 오로지 신에게만 관심을 가진다.
바로 인간에게만 관심이 있기 때문이다.

2011. 3. 15 09:30

인간학의 창시자

나의 히로인은 '인간학'의 창시자이다.

바로 그의 일생의 작업이자

인류 공동의 탐구영역이기도 하다.

너나 할 것 없이 인간으로 태어나

같은 하늘 아래 인간의 이름으로 산다는 것!

생각하면 얼마나 눈물겨운 일이던가?

세상에는 무엇보다 '인간학'이 필요하다.

매 순간 목숨을 던지는 심정으로 자신을 탐구하지 않는 자,

그러므로 결격이다.

그리하여 타인이 그저 타인으로 그치고 마는 자,

인간으로서 결격자이다.

인간이라면 적어도 스스로에 대해 알아야 한다.

그리하여 반드시 신의 존재에 눈떠야 한다.

그리하여 타인이 그저 타인이 아니라,

나와 한 치도 어긋남 없는

똑같은 인간존재라는 사실을 절절히 깨달아야 한다.

너는 바로 나의 또 다른 버전이며,

나 또한 너와 강렬하게 연결된 눈물겨운 존재라는 사실을!

세상에는 반드시 '인간학'이 필요하다.

당신도 신과 인간의 관계에 대해

논문 하나 정도는 내놓아야 하는 것이다.

최소한 인류 공동의 영역에서 소외되지 않아야

인간이라 할 수 있다.

냉정하게 묻노니 그대, 인간이던가?

2011. 3. 15 10:00

나의 히로인은 '인간'

진지하되 심각해지지 않기,
유쾌하되 얄팍해지지 않기,
쿨하되 냉혹해지지 않기,
유연하되 축 늘어지지 않기,

인생은 짧지만 긴 여정이기도 하다.
너무 제 삶에 바짝 붙어 있지 말고 한 걸음 물러나,
제 삶을 마치 타인의 생을 지켜보듯 들여다 볼 수 있어야 한다.
또한 타인의 생을 제 삶이듯 아파할 수 있어야 한다.

인간이 동물과 다른 것이 있다면
창 안에 있는 자신을 창 밖에서 바라볼 수 있다는 것!
저 우주의 별 하나에도 내 존재가 투영될 수 있다.
타인이 그저 타인이 아니라 내 안의 심장이고 뇌일 수 있는 것이다.

우리는 나 자신에게 이해를 강요하지도 또 자신을 오해하지도 않는다.
스스로를 정상이나 비정상으로 구분하지도 않는다.

최소한 제 편의에 의해 타인과 나를 분리하지 않아야 하는 것이다.
아니라면 오늘 당신은 인간이 아니라고 선언해도 좋다.

Life is a flexible!

2011. 3. 18 10:59

준비되어 있다는 것

언제나 역사의 현장에 있어야 하는 이유!
늘 생생하게 깨어 역사의 흐름을 목도하고 있어야 하는 이유!
신의 큐 사인이 언제 떨어질지 모르기 때문이다.
당신도 언제 주인공으로 발탁될지 모르기 때문이다.
과연 준비하고 있는가?

나의 히로인처럼 주연도, 단역도, 카메오조차도 아니지만,
언제나 주인공의 마인드로써 준비되어 있어야 한다.
준비되어 있다는 것은 그러므로 역사의 큐 사인을 기다리는 것.
배우라면 설사 엑스트라라도 극의 흐름을 알고 있어야 하는 것,
주인공의 캐릭터를 자기 것으로 만들어 놓아야 하는 것과 같다.

누구나 역사의 주인공이 될 수 있다.
그러려면 반드시 자기 삶의 주인공이어야만 한다.
나의 히로인이 자신의 영화를 만들고 있는 이유이다.
스스로 시나리오를 쓰고 기획하고 연출한 자기만의 영화.
고용된 감독이 아니라 작가주의 감독이어야 한다.

주인공이 되었을 때에 그 캐릭터를 백 퍼센트 살려야 하기 때문이다.
그러므로 눈치채야 한다.
우리는 삶이라는 거대한 영화 속에 들어와 있는 배우라는 사실을.
우리는 저마다 조연이거나 단역이거나 엑스트라라는 사실을,
자신의 삶이 없는, 그저 주인공의 동생이거나 친구라는 사실을.

그러므로 연습되어 있지 않으면 안 된다.
지금은 단역에 머물고 있지만 매 순간 주인공이 되는 꿈을 꾸어야 한다.
언젠가 역사의 큐 사인이 떨어질 때 서슴없이 주인공의 대사를 하고
주인공의 액션을 취할 수 있어야 한다.
머뭇거리기 없기!

머뭇거린다는 것은 준비되어 있지 않다는 것.
준비되어 있지 않다면 실패다.
생생하게 살아 있지 않다면 낭패다.
준비되어 있는 자만이 역사의 큐 사인이 떨어졌을 때 조금도 머뭇거리지 않고
주인공처럼 멋지게 몸을 날릴 수 있다.

나의 히로인처럼 원래는 당신도 당신 삶의 주인공이다.
멋진 주인공은 삶에 끌려 다니지 않는다.
언제나 스스로 선택하고 주도하며,
나타날 때는 담담하게 떠날 때는 그저 쿨하게 떠난다.
당신도 당신 삶을 연출해야 한다.

2011. 3. 23 09:36

세상 끝의 베짱이

나의 히로인은 겉으로는 띵까띵까,
즐거운 베짱이에 세월 좋은 한량이지만
사실을 말하자면 언제나 아슬아슬,
세상의 벼랑 끝에 서 있는 고독한 순례자이다.
시장에서 사람들과 섞여 수도하는 중(Buddhist)이 아니고
죽림에서 벗과 함께 청담을 일삼는 선비이다.
도를 닦는다는 것은 대중과 함께 하는 것이 아니라
신과 함께 하는 것이기 때문이다.
그런 면에 있어선 사실 융통성이 없다.
뾰족한 벼랑 끝에 서 있지 않으면 신과 대화할 수 없기 때문이다.
세상 끝에 위태롭게 서 있지 않으면 세상은 보이지 않기 때문이다.
그리하여 그저 베짱이로 머물고 말기 때문이다.

나의 히로인은 단지 아웃사이더가 아니라
세상 끝에서 세상과 소통하고,
세상 가장 높은 곳에서 신과 대화하는 초인이다.
고리타분한 성직자가 아니라,

신을 노래하는 유쾌하디 유쾌한 철인이다.

세상 안에 바글바글 모여 있으면 세상과 소통할 수 없고

세상에 주저앉아 있으면 신과 대화할 수 없다.

세상에서 사람들과 모이면 흥겹겠지만

높은 곳에서 내려다보면 의연할 수 있다.

삶을 주도할 수 있고 즐길 수 있다.

그리하여 마침내 진정으로 대중과 함께 할 수 있는 것이다.

2011. 3. 29 19:06

우주의 가슴을 관통하고 당신을 찌르리라

언젠가 사막 마라톤을 본 적이 있다.
선수들은 제각기 홀로 멀리 떨어져 태양과 바람과 사막과,
무엇보다 자기 스스로와 싸워야 했다.
그 고독한 사투가 우리네 삶과 무척이나 닮아 있었다.

내가 숨 쉬는 이곳은 사막.
여전히 전쟁 같은 하루가 왔다가 사라지기를 반복하고 있지만
나에게는 아직 그 어떤 일도 일어나지 않으며
지리한 가뭄만이 계속되고 있다.

물론 해가 뜨면 나도 뜨고, 해가 지면 나도 진다.
사막에서의 죽음은 그리 신기한 일도, 애통한 일도 아니다.
주검과 부활은 그저 그런 일상다반사일 뿐.
삶은 그저 죽음, 그것이었다.

그리하여 나의 하루는 천 년!
천 년을 산 소나무처럼 그 무수한 세월을 지켜왔으니

이제 한 번쯤 살아봐야 하겠다.
준비는 모두 끝났으니까!

가난과 고독은 나의 옷이다.
멸시와 오욕은 나의 집,
사랑과 자유와 꿈만이 나의 삶이다.
애초 나를 제 안에 들여놓기에 세상은 너무 비좁았던 것이다.

내가 가진 것이라곤 머리칼에 가려진 형형한 눈빛,
그리고 가슴 속 깊이 품은 진검 한 자루뿐!
누더기에 풀어헤친 머리로 세계를 떠도는 먼지와 같은 존재.
나를 키운 건 오로지 소외감이었다.

그리하여 하나의 세계를 창조한 것도,
그 세계의 위대한 왕이 된 것도,
어둠 속 마녀처럼 매 순간 영혼의 비밀집회에 참석하는 것도,
수없이 나를 죽인 바로 그것의 열망이었다.

은둔은 다만, 길이다.
또한 운명이다.
준비 없이 왔다가 서둘러 사라지는,
스스로를 소진하며 돌진하는 수많은 군상들에 대한 예의.

그러나 내 품속의 진검은 언제나 시퍼렇게 번뜩이며
때를 기다리는 울음을 운다.

언젠가 우주의 가슴을 관통한 나의 칼은 당신의 폐부를 깊숙이 찌르고,
피 흘리며 죽어가는 세상의 주검을 지켜보리라!

심연 같고, 폭풍 같고, 사막 같은 나의 언어!
신비(妙)어록은 나쁜 글이다.
나의 에너지는 오로지 소외와 죽음이기 때문이다.
나를 낳고 기르고 힘을 준 것, 나를 죽인 것조차도 바로 그 어둠이기 때문이다.

그러니 부디 조심하라
서슬 퍼런 나의 검이 언제 당신의 가슴 관통하고 상처를 낼지 모른다.
그 뜨거움에 당신 가슴 언제 데일지 모른다.
태양을 삼킨 자의 행보는 뜨겁고 때로 위험할지언정
예쁘고 착할 수만은 없다.

이 황막한 사막에서 나는 비상을 꿈꾼다.
한여름 그 바다를 강타한 태풍처럼 그렇게 홀연하게,
어쩌면 장엄하게 사라지고 싶다.
그렇다. 나는 가장 크게 살아내고 싶은 것이다.

그러므로 애초 빛의 부재는 내게 커다란 축복!
나는 목하 게으름 중이다. 가난도 즐겁다.
어느 순간 내가 찬란하다면 그것은 오로지 나, 그 자체 때문이며,
가짜는 단 하나도 없이 존재감 하나만으로
나의 세계를 가득 채울 수 있으니까!

2011. 5. 18 09:30

나의 히로인의 무대

나의 히로인에겐,
제 품속의 칼이 우는 소리가
세상에서 가장 크고 장대하다.
지금은 황야에서 울지만,
애초 그의 무대는 저 우주였으며,
그를 낳은 것은 바로 저 찬란한 빛이었음을 잊지 말 것!

2011. 5. 23 21:10

네가 사랑받지 못하는 이유

순교자처럼 제 몫의 외로움을 묵묵히 견디고,
제사장처럼 제 영역을 남의 그것과 혼동하지 않으며,
순례자처럼 마침내 제 몫의 삶을 살아내어
마치 신처럼 영원히 스스로를 주관하라!

―신비(神秘)어록 '나를 슬프게 하는 것들' 중에서

세상에 스트레스 없는 사람은 없다.
누구나 자기 몫의 스트레스가 있는 법.
결코 자기 몫의 그것을 타인에게 전가해서는 안 된다.
상대의 스트레스까지 넘겨받은 이는
그 몫을 전가한 이로선 상상할 수 없는 양을 감당하게 된다.

그 무게는 단순히 1+1=2의 두 배가 아니다.
수천수만 배, 말하자면 우주의 무게 두 배쯤 된다.
인간은 자신의 스트레스만으로도 이 우주를 홀로 짊어지기 때문이다.
거기에 다른 우주의 무게까지 감당해야 한다면,
그것이야말로 실존적 의미에서의 부조리이다.

당연히 가정도, 연애도 파탄지경에 이른다.
그러나 그것을 단지 스트레스 때문이라 치부한다면 곤란하다.
인간은 스트레스 때문에 절망하는 것이 아니라
믿음의 부재 때문에 절망한다.
빛의 부재에 절망한다.

스트레스는 견딜 수 있다.
그러나 자신의 스트레스를 상대에 전가하는 못난 자는 견딜 수 없다.
그 인격을 의심하게 되기 때문이고,
그 졸렬함을 참을 수 없기 때문이다.
그러므로 섣부른 '밀고 당기기'는 살인이자 자살행위이다.

대개의 사람들이 '밀고 당기기'를 최고의 연애기술로 신봉한다.
그러나 천만에!
그것은 치졸한 잔기술이다.
어린아이의 사랑받기 전략,
인생초짜, 연애초짜의 잔머리 굴리기일 뿐이다.

인생, 더 살아봐야 한다.
연애의 실패, 사랑의 실패를 밀고 당기기의 실패로 해석한다면 초짜다.
연애의 실패, 사랑의 실패는
인격의 실패, 본능제어의 실패고,
경계 지키기, 거리 유지하기의 실패다.

밀착된 관계는 서로를 해친다.

그러므로 밀착되어 서로 밀고 당길 것이 아니라
오히려 애초에 그 경계를 철저히 지키고,
서로의 거리를 유지함으로써 관계의 선도를 지켜내야만 한다.
경계를 지키면 너저분하게 밀고 당길 일이 없다.

연애는, 사랑은 어른과 하는 것이지
결코 아이와 하는 것이 아니다.
그러나 대부분의 인간이 자라나지 못했다는 것이 비극이라면 비극!
우리, 더 크게 자라나지 않으면 안 된다.
자신의 바운더리만큼은 자신이 책임지는 것.

그 어떠한 일이 있어도 상대의 바운더리를 침범해서는 안 된다.
당연히 자기 몫의 외로움과 스트레스를 타인에 전가해서도 안 된다.
스트레스가 아니라 바로 당신 안의 그 어린아이가 관계를 죽이는 것이다.
자라나라! 활처럼 팽팽한 긴장을 유지하라.
당신의 연인은 아이가 아니라, 어른과 사랑에 빠져야 한다.

당신의 연인이 당신 안의 어린아이를 아직 참아 주고 있다면,
그것은 당신이 언젠가 숙성된 와인이 되기를 기다리는 것이지
결코 밀고 당기기 전략에 동의하거나 흡족해서가 아니다.
실제로 많은 사람들이 이별을 선언하는 이유 중 하나는
어린아이와의 사랑 놀음에 절망했기 때문이다.

사랑은 매 순간의 유혹이다.
결코 맹세 이후의 안주가 아니다.

서둘러 다가가서 상대의 영역을 침범하거나
머리 굴리며 밀었다가 당기기를 반복하는 것이 아니다.
사랑은 제 안의 사랑을 활짝 꽃피우는 것!

어느 한순간도 빛나기를 포기해서는 안 된다.
서둘러 당기지 않아도 빛나는 이에겐 다가갈 수밖에 없으며
사랑을 확인하기 위해 짐짓 밀어내지 않아도
당신이 눈부시게 빛난다면 언제든 사랑의 실체를 마주할 수 있다.
중요한 것은 기다릴 줄 아는 것!

당길 것이 아니라 기꺼이 다가오게 만들기.
밀어낼 것이 아니라 애초에 섣불리 밀착하지 않기.
사랑을 구걸할 것이 아니라 존재감 그 자체로 유혹하기.
그러므로 오로지 눈부시게 빛나는 길 뿐이다.
세상 모든 일을 그르치는 것이 바로 준비되지 않은 자의 불안과 초조이다.

2011. 9. 27 17:56

21세기 선문답

선종의 시조 달마와 나의 히로인은 가끔 만나 대화를 나누는 사이이다.
일주일 전쯤 빛보다 빠른 물질인 중성미자에 대한 뉴스가 나왔던 날,
그들은 만나 술잔을 기울였다.
달마는 알고 보면 이태백을 능가하는 한량,
음주가무에 능한데다 수학, 과학에도 조예가 깊은 타고난 천재이기도 하다.

달마: 중성미자가 빛보다 빠르다고 하니 시간여행이 가능해졌다고 생각하는 사람
　　　도 많겠군.
나의 히로인: 기사들도 '대략 시간여행이 가능한가?'로 끝을 맺더군.
달마: 요즘 사람들은 그런 데 관심이 많은가봐.
나의 히로인: 응, 걸핏하면 시간여행 타령이지. 안 그래도 시간여행을 하고 싶다
　　　는 친구가 하나 있었어.
달마: 그래? 재미있군.
나의 히로인: 하도 징징대기에 내가 당신 스타일을 좀 차용했지. 요즘 그런 소리
　　　하면 구닥다리 취급을 받긴 하지만.
달마: 하하하, 그렇겠지.

과연 나의 히로인은 얼마 전 한 시티즌과 부딪힌 적이 있다.

시티즌: 이제 시간여행이 가능한 건가요? 웜홀(worm hole)도 존재하고? 히야, 정말
　　　시간여행을 할 수 있다면 좋겠네요. 그건 어릴 적 내 꿈이었는데…….
나의 히로인: 오호? 그럼 시간을 찾아서 가져와 보시지. 내가 시간여행을 시켜줄
　　　테니!

순간, 당황한 시티즌은 잠시 머리를 굴리더니 다시 대꾸한다.

시티즌: 에이. 시간을 어떻게 갖고 와요?
나의 히로인: 오오, 이것 봐, 방금 나는 그대에게 시간여행을 시켜줬다네!

그러나 그 옛날 혜가와 달리 우리의 시티즌은 여전히 깨닫지 못하고 마냥 대
꾸를 하고 있다.

시티즌: 글쎄, 그것보단……. 음, 블랙홀과 화이트홀 사이에 웜홀이라는 통로가
　　　있잖아요? 그 웜홀을 이용하면 시간여행을 할 수 있지 않나요? 뭐, 주위환
　　　경을 이동시키는 기술도 있다는데…… 거참, 신비롭지 않나요?
나의 히로인: 아, 나, 시간은 없다니까!

급기야 그때 나의 히로인은 사족을 달고 말았던 것이다.

달마: 21세기에는 21세기 스타일이 있겠지. 옛날 우리 제자들은 내가 기침만 해도
　　　깨달았었어. 눈만 껌뻑해도 깨달았다고. 하지만 지금은 다르지. 그때보다
　　　훨씬 더 진화된 스타일이어야겠지. 오래 애썼는데 이제 당신 시대에 다시

한 번 깨달음의 시대가 올 거야!

나의 히로인: 우리가 '지금 이 순간'을 설파한지도 언 2000년이 넘었는데. 사람들은 아직도 과거, 현재, 미래에다 시간여행 타령이라네. 정말 미쳐버리겠다고.

달마: 근데 코미디인건 시간여행을 한다면서 꼭 공간을 통해서 하려고 한다는 거지. 타임머신도 그렇고 블랙홀이니, 웜홀이니 하는 것도 그렇고 말이야!

나의 히로인: 그러게. 시간여행인데 시간을 타고 가든지 해야지. 왜 공간을 통해 간다고 난리? 광속을 넘어서면 시간이 거꾸로 흐른다니, 존재하지도 않는 시간을 역행하겠다는 거잖아? 아휴.

달마: 우리 좀 전에 예수를 만났지 않나? 광속을 넘어서거나 공간을 구부리지 않아도 이렇게 만날 수 있는데 말이야. 사람들이 그걸 모르니⋯⋯.

나의 히로인: 사람들은 수시로 관점이 이동하는 거야. 자신을 세상의 기준점으로 생각하지 않는다는 반증이지. 세상이 절대적으로 한 방향으로 나아간다는 것은 너무나 자명한 일이 아닌가 말이야. 왜 자꾸 오락가락하는지 모르겠어.

달마: 요즘 사람들은 줏대가 없는 것 같아. 잘나가다 갑자기 시점을 이동해서 논리의 오류를 만들어 버리고, 있지도 않은 공간을 구부려서 시간여행을 한다고 하고. 자신을 세상의 중심으로 보면 적어도 상대적인 관점 이동 현상은 없을 텐데 말이야.

나의 히로인: 플라톤도 그러더군. 자기는 고대에 죽은 게 아니라 사람들이 이데아를 이원론으로 착각할 때, 그때마다 죽는다고! 이데아를 세상 위의 또 다른 세상이나 무슨 천국쯤으로 여기니 기가 찬다고 말이야. 칼릴 지브란도 이중적인 세계관이란 얘길 들었다더군. 정말 미치고 팔짝 뛸 일이 아닌가, 응?

달마: 〈트루먼 쇼〉라는 영화가 있더군. 사람들이 그 세트장 밖을 진리의 세계로 볼 수 있다면 좋을 텐데 말이야.

나의 히로인: 그거 좀 된 영화야. 호랑이 담배 먹던 시절 얘기지. 흠. 하긴 그때 집

캐리가 받은 충격은 깨달음의 충격과도 같지. 우물 안 개구리가 우물 밖 세계를 발견했을 때의 충격이란! 사람들에게 그런 거대한 충격을 줘야 하는데 말이야.

달마: 이미 충격 아니겠나. 지금 우리가 시간과 공간이 없다고 말하고 있으니.

나의 히로인: 아이고, 요즘 사람들은 그런 걸로 충격 받지 않아. 타임머신을 진짜로 만들 수 있다고 해야 충격 받지.

달마: 거 참, 사람들이란! 21세기는 영 적응이 안 된단 말이야. 하하.

나의 히로인: 하긴 요즘은 마음 이야기는 잘 안 해. 주로 신에 대해 이야기하지. 마음이 어떻고 요런 건 흘러간 옛 노래여. 촌스러워.

달마: 신을 이야기해도 결국은 인간 이야기 아니겠나. 신을 찬양만 한다면 오히려 위험하지. 칼릴 지브란에서 더 나아가야 해.

나의 히로인: 그게 내가 지구에 온 목적이지. 사람들은 중간에 주저앉아 있어. 끝까지 가봐야지, 이왕 출발한 거! 뭐가 무서워서 중간에 멈춰서 오도 가도 못하는 거냐고.

달마: 하긴 자네 생각하면 지금도 웃음이 난다네. 신에게 거듭나라고 큰소리 땅땅 치고 말이야.

나의 히로인: 그래야 신도 내 친구 될 자격이 있는 거지. 아무하고나 친구할 순 없잖아? 그건 타협불가!

달마: 그래, 신도 훨씬 근사해졌지. 자네 같은 스타일리스트를 만나는 바람에.

나의 히로인: 당신도 달라진 거 알지? 스타일이라니, 요즘 사람 같잖아. 하하.

달마: 음, 직업정신! 우리의 일은 날로 진화하고 상승하는 일 아니겠나, 신도 그렇고.

나의 히로인: 소파에 너부러진 신은 신이 아니야. 펑퍼짐한 엉덩이의 신이라니, 정말 매력 없지 않아?

달마: 사람들은 그렇게 푹 퍼진 신에게 엎드려 기도를 하지. 나 좀 잘 봐 달라고

말이야. 상승하지 못하는 신은 그저 동굴 속의 그림자, 거울 속의 환영인 걸 모르고.

나의 히로인: 그 그림자는 고도 비만이지. 진짜 신은 나처럼 스타일리스트고. 하하하.

달마: 신도 나비처럼 날마다 새로 태어나지 않으면 안 된다는 거, 그게 자네 스타일 아닌가! 생각해보면 나도 자넬 만나기 전에는 철학자처럼 인상만 쓰고 다녔었어. 요즘은 그래도 예술가처럼 좀 말랑말랑해졌지 않나?

나의 히로인: 응, 지금은 마시멜로야. 난 당신이 기타 치면서 산울림* 노래 부를 때가 제일 좋아.

달마: 하하하, 이 사람! 그럼 스타일 있게 모여 볼까? 깨달음의 시대가 오고 있는데 우리 이제 자주 봐야지.

나의 히로인: 아, 소로우 아저씨가 보고 싶네!

달마: 그 까칠한 양반, 기타 실력은 여전하지? 그 강력한 블루스를 들으면 없던 전생이 다 떠오르는데 말이야.

나의 히로인: 음, 그 강렬한 소리로 다시금 절망의 구렁텅이로 빠지고 싶네, 하하. 소로우 아저씨가 리드기타를 맡아야 우리 밴드가 완전해지지.

달마: 칼릴 지브란은 어떤가?

나의 히로인: 요즘 드림 시어터(Dream Theater)의 '존 명(John Myung)'*에 빠져있어. 그의 베이스가 자신을 연주한다나? 아직도 신이 자기를 연주해주기를 기다리고 있지. 혜능과 노자는 여전하고, 뭐, 초대장 발송 완료!

달마: 그랬군, 이미 준비를 다 해놓고 그렇게 죽는 소릴 했단 말이지?

나의 히로인: 참, 이번에는 지산*이 아니라 안산으로 가야 해. 로맨틱 펀치*랑 국카스텐*도 나온다더군. 들국화*도 다시 한 번 나오면 좋을 텐데 말이야. 아,

*산울림 : 77년 데뷔한 독보적 록 밴드.
*존 명(John Myung): 드림 시어터(Dream Theater)의 창단 멤버이자 베이스 기타.

이거 슬슬 흥분되기 시작하는데?

달마: 자자, 얼른 연습 시작하자고! 우리도 내년엔 라인업에 들어야지.

나의 히로인: 오케이, 그럼 신을 한 번 연주해볼까!

가끔 이루어지는 달마와의 만남은 시간여행이 맞다.

그러나 또 엄밀한 의미에서의 시간여행은 아니다.

그들의 만남은 애초에 존재하지도 않는 시간이나 공간 따위가 아니라

바로 진리에 의해 이루어진 것!

진리와의 만남이 바로 시간을 넘어서는 것,

곧 역설적 의미에서의 시간여행이다.

애초에 존재하지 않는 것은 거스르고 말고 할 것이 없다.

그래서 나의 히로인의 언어에는 시공의 개념이 없는 것.

말하건대 세상에 확실하게 존재하는 것은 오로지 진리뿐이다.

2011. 10. 3 10:29

---

*지산벨리 록페스티벌: 2009년부터 해마다 7월 말에 3박 4일 동안 열리는 캠핑 록페스티벌.
2013년부터 안산으로 옮김.
*로맨틱 펀치 : 인디씬의 에너제틱 밴드.
*국카스텐 : 하현우 보컬의 인디밴드.
*들국화 : 80년대 언더그라운드의 대부, 전설의 록 밴드.

영혼의 군주

나의 히로인은 영혼의 군주!

세상의 환호에서는 멀리 떨어져 있지만

그 정신만은 언제나 진리의 빛 한가운데에 있다.

충절 가득한 신하도, 그를 우러르는 어진 백성도 없지만

영혼의 들판을 함께 달릴 초인과 같은 친구는 있다.

미처 못 다한 과업, 뒤를 이을 제자 하나 없다고

파르란 언어 가슴에 새긴 진정한 이 하나 없을까?

그의 선물은 오로지 영감!

훗날 사람들이 그를 기억한다면

그는 그 순간마다 선물로 아릿한 영감을 준비할 터.

삶의 정수와 신의 마인드, 또한 인간이라는 이름,

세상 모든 천재들의 자궁, 그리고 매혹이라는 것에 대하여!

마침내 그 빛 한가운데로 그대 초대될 때

신도 장엄한 이벤트를 마련하리라.

그대, 신의 가장 친한 친구가 되리라.

Life is the inspiration!

2011. 10. 6 14:00

신과 나의 히로인의 메시지

사랑은 매 순간의 유혹이다.

결코 맹세 이후의 안주가 아니다.

서둘러 다가가서 상대의 영역을 침범하거나

머리 굴리며 밀었다가 당기기를 반복하는 것이 아니다.

사랑은 제 안의 사랑을 활짝 꽃피우는 것!

　　　　　　　−신비(娀)어록 '네가 사랑받지 못하는 이유' 중에서

사랑은 매 순간의 유혹이다.

그러나 그 유혹이라는 것이 미인의 유혹,

혹은 전략적 의미에서의 유혹이라는 뜻은 전혀 아니다.

그것은 신의 유혹!

바로 완전성을 뜻한다.

사랑, 그 자체로서의 완성.

태양과 바람과 비에 의해 마침내 꽃 한 송이 피어나듯이

천 년을 이어온 사랑, 그 자체를 꽃 피워야 한다.

신은 인류에게 매 순간 살해당하고 있지만,

그래도 여전히 섣불리 인간의 일에 개입하지 않는다.

존재 그 자체로서의 존재감을 보여주는 것!

그것으로 충분하다.

신이 있기에 구원이 있는 것.

사랑이 있기에 인간은 결코 초라하지 않은 것.

우리, 보다 더 완전한 세계를 꿈꾸어야 한다.

사랑이란,

내가 너를 사랑하는 것이 아니고

네가 나를 사랑해마지 않아 혼이 나가는 것이 아니고

단지 보다 더 완전한 세계를 꿈꾸는 것,

그리하여 진리의 빛 한가운데로 초대되는 것,

결코 한낱 비루한 인간에 머물지 않는 것이다.

사랑하라!

아니, 보다 더 완전한 세계로 나아가라!

그것이 바로 신과 나의 히로인의 메시지이다.

2011. 10. 7 11:38

길들여지지 않는

나의 히로인은 길들여지지 않는다.
광야를 달리는 초인과 같은 영혼!
그에게는 그만의 길이 있기 때문이다.
그만의 삶이 있기 때문이다.
생이란 결국 전 인류와의 교류,
서로가 나눌 수 있는 것은 영혼밖에 없다.
그것이 바로 그가 오늘도 제 영혼의 무인도에 홀로 앉아
성스러운 불을 피워 올리고 있는 이유.
그를 탐구하는 자, 영원불변한 영감으로 보상 받으리라!
마침내 아찔한 탐미주의자가 되리라!

2011. 11. 3 13:37

후대와 사랑에 빠지다

나의 히로인은 후대의 인간과 사랑에 빠져있다.

매 순간 우주 저 편의 별들과 사랑에 빠져 있다.

저 하늘과 구름과 대기와 햇살과 바다와 사랑에 빠져 있다.

바로 멀리 있는 그대와 사랑에 빠져 있다.

그가 매 순간 신을 유혹하는 이유이다.

신과 대화하는 이유,

신과의 만남을 널리 전파하는 이유이다.

2011. 11. 8 19:45

지상 최대의 쿨하고 섹시한 삶의 스타일 1

나의 히로인은 라깡(Jaques Lacan, 1901~1981)은 모르지만
결코 타자의 욕망을 욕망하지 않는다.
어둠은 다만 빛의 부재, 어둠은 애초 존재하지 않는 것이다.
귀신은 신의 부재, 귀신은 존재가 아니다.

마찬가지로 욕망은 깨달음의 부재, 욕망 따윈 없는 것.
철학자들이 바보 같은 건 애초 가장 큰 것은 놔두고
자질구레한 하부구조만을 건드린다는 것.
내가 그들을 차근차근 공부하지 않은 이유이다.

또한 바로 최고상부구조로 훌쩍 뛰어오른 이유이다.
깨달음은 가장 장대한 욕망이며
가장 무한하게 소유하는 것이다.
이왕 욕망할 것이면 가장 크고 광대한 것을 욕망할 것.

소유하려면 돈이나 권력이 아니라 우주를 소유할 것.
그러면 그 아래의 것은 자동으로 해결되는 것이다.

작은 것에 욕심 내봤자 네 생의 허무는 극복되지 않는다.
자질구레한 것 소유해봤자 네 인생은 여전히 무의미하다.

인간 삶에 애초 의미란 없는 것.
바로 철학의 출발점이다.
그러므로 우리, 의미를 찾아내지 않으면 안 된다.
불가능에 도전하지 않으면 안 된다.

아주 어릴 적 걸음마를 하고 부터
산과 들, 온통 야생을 뛰어다녔던 것은
그래서 내 영혼의 외침일 수밖에 없는 것.
신에 대한 중대한 도전일 수밖에 없는 것.

내게 주어진 운명에 감히 의문을 품었던 것.
인간으로서의 한계를 오만하게도 조롱했던 것.
어린아이로서 할 수 있는 최고의 뉴런(neuron) 자극,
철학적 산책, 혹은 미학적 영역 확장이라 할 수 있는 것.

인간 삶은 교과서가 아니다.
도덕교과서는 과감히 버려야 한다.
세상의 눈치를 보느라 위축되어서는 안 된다.
타인과 비교하느라 제 생을 죽여서는 결코 안 된다.

인간 한계를 뛰어넘는 일은 위험한 일이 아니다.
무섭거나 부담스러운 일도 아니다.

학창시절 땡땡이치느라 담장을 넘은 것처럼
그저 가볍게 훌쩍 뛰어넘는 것이다.

깨달음은 중독이다.
제 생의 주인이 되는 것은 어렵고 골치 아픈 일이 아니라
신나고 짜릿한 모험이다.
마치 초보 운전자의 드라이빙과 같다.

혹은 F1 선수의 슬라럼(slalom)과도 같다.
생을 부담스럽게 여기지 말고 즐겨야 한다.
물론 즐길 수 없는 상황에 즐기는 것이 진짜다.
풍족하고 안락할 때가 아니라 곤궁하고 절박할 때 즐기는 것.

그는 제가 하고 싶은 일을 눈치를 보느라 못한 적은 없다.
물론 돈이 없어서 못한 적은 있지만,
그럴 때는 아르바이트 가불을 해서라도 했으며
그런 뒤에는 남은 한 달 치 월급을 몽땅 술 파티로 탕진한 적도 있다.

물론 하고 싶은 일을 다 하고 살지는 못했다.
아니, 사실은 거의 못했다.
꿈을 꾸는 것 자체를 에너지로 살아야 했다.
그래서 그의 꿈 목록은 아직도 초만원!

가장 장대한 하나를 빼고는 아직 채 한 칸도 지우지 못했다.
그는 여전히 꿈꾸는 청춘이다.

그러나 남들이 보기에 그의 꿈 목록은 온통 불가능투성이.
아니면 거의 쓸데없는 일.

그들에게는 낯선 풍경일지 모르나
나의 히로인에겐 그 모든 것이 거룩한 '지금 이 순간'이다.
그는 그의 생을 온전히 책임지고 있을 뿐,
깨달음은 지금 이 순간을 놓치지 않는 것이다.

그러므로 꿈을 이룬다는 명목 하에 지금 이 순간을 살해해서는 안 된다.
오히려 가끔은 자기 자신에게 과분한 선물을 할 수 있어야 한다.
최고의 모험은 착실하게 분수를 지키는 이가 아니라
시간을 지배하는 자에게 있는 것.

세상의 룰을 따르지 마라.
고분고분, 자신의 룰이 없는 자만큼 가련한 이도 없다.
때로 충분히 보장된 안정된 길을 미련 없이 걷어찰 수 있어야 한다.
좋은 길이란 좋은 길이 아니라 나쁜 길 안에 있으므로.

세상이 자신을 알아주지 않아도
스스로를 비하하거나 한탄하지 않기!
스스로에 떳떳하다면 세상이 호들갑 떨며 환호하는 것보다 낫고
신 앞에 당당하다면 신만은 그대를 알아줄 것이다.

그는 그만의 꿈이 있다.
결코 세상의 룰을 타협하지 않는다.

오히려 세상이 그에게 타협을 시도해야 할 것이다.

그는 세상이 가지지 못한 것을 가진 부자이므로!

2012. 3. 7 18:28

지상 최대의 쿨하고 섹시한 삶의 스타일 2

나의 히로인은 어느 면으로 보나
사회적 약자이며 소수자이지만
가슴 속 깊이 품은 진검 외에도
강력한 비장의 무기가 여러 개 있다.
당연히 그것은 모종의 권력이 될 수 있다.

그러나 인간과의 만남에 있어
그 권력을 휘두른 적은 단연코 없다.
서부의 총잡이는 서로 만나야 할 때
총을 땅에 던져버리고 시작한다.
무기를 가졌으되 남용하지 않을 때
인간이란 존재는 빛을 발한다.

소중하고 귀한 만남일수록
무기를 버리고 무장해제함으로써
상대가 그 어떤 이유로도
위화감을 느끼지 않도록 해야 한다.

진검은 그의 영혼 그 자체!
그것 하나면 이미 충분하다.
그것만으로도 상대는 살해당할 수 있다.

그는 좀처럼 무기를 쓰지 않는 스타일.
오히려 상대가 휘두르는 연장을 똑똑히 지켜보는 것으로,
그 장면이 리플레이(replay) 되지 않게 하는 것으로,
상대의 일생에 지워지지 않는 오점을 남기는 것으로,
조용히 전쟁을 끝낸다.

아니라면 삶은 그저 시시한 해프닝이 되는 것.
사랑이 아니라 그예 거래가 되고 마는 것.
권투나 격투기를 단련한 사람은
때리는 것 뿐 아니라 결코 큰 동작으로
험악한 분위기를 조성해서는 안 된다.

부끄러움은 상대의 뇌를 한 단계
다운그레이드(downgrade) 시킨다.
수치는 인간을 살해할 만한 강력한 독이다.
당연히 조자룡 헌 칼 쓰듯 휘두르는 무기는
더 이상 무기가 될 수도 없다.

그의 권력은 오로지 사랑,
결코 거래가 되게 할 수 없으며
가슴 속 진검은 오로지 깨달음,

전략 따위로 전락하게 내버려둘 수 없다.
그가 그 자신이 아니게 할 수는 결코 없는 것이다.

그는 이미 한 세계의 왕!
굳이 토사구팽의 한신을 떠올리지 않더라도
후대에 이름을 남긴다는 달콤한 미명하에
결코 남의 바짓가랑이 사이를 기지는 않을 것!

그것보단 호랑이 새끼를 여우에게 주지 않는,
끝내 유비 외에는 그 누구도 왕으로 섬기지 않는
위엄의 관우가 되기를 택할 것이다.
아니, 제 자신 스스로 유비가 되고 또 관우가 될 것이다.

그러나 시절을 만나지 못해
그예 장렬한 최후를 맞는 비운의 왕이 되더라도
와신상담을 핑계로 목숨을 구걸하진 않을 것.
인간으로 이미 할 일을 다 하였으면
나머지는 하늘이 알아서 할 일!
차라리 온몸으로 적의 칼날을 받아내는 삶의 전사가 되리.

어차피 예술가는 죽어야 왕이 된다.
그에겐 삶 자체가 이미 와신상담.
진정한 복수는 스스로 빛나는 것이며 스스로 광대해지는 것.
때를 기다리며 고독을 벗 삼은 지 어언 천 년.
강한 자가 살아남는 것이 아니라

살아남는 자가 강하다고는 하지만
구차하게 제 한 목숨 연명하기보다
차라리 온몸으로 죽어 사는 역설(逆說)이 낫다.

그것은 바로 제 영혼으로 빚어낸 진검이 아니라면
결코 함부로 써서는 안 된다는 역설(力說).
아니, 오히려 나머지 무기를 삭제해버림으로써
진검의 무게를 더해야 함을 말한다.
미친 존재감이란 바로 그런 것!
당신이란 존재는 다른 이보다 더 빛나야 할 것이 아니라
다른 그 누구와도 대체 불가능하여야 할 것이다.

그래야만이 진정으로 섹시할 수 있는 것.
외모가 출중하지 않아도,
부와 명성을 모두 가지지 않아도,
막강한 권력을 등에 업지 않아도,
아니, 오히려 가진 것이 없을수록
당신은 그 누구보다 섹시할 수 있다.

이것이 바로 나의 히로인의 방식,
그만의 아주 특별한 삶의 스타일이다.
누구도 그것을 알아채는 이 없으나
그 언제나 신 앞에 떳떳할 수밖에 없는 이유,
세상 잘난 이들이 제아무리 잘난 척을 해대도
홀로 빙그레 웃을 수 있는 이유이다.

무장해제하라!

센 척 해봤자 꼴만 우스워질 뿐이다.

권력을 버려라!

네 권력은 오로지 네 영혼이 되어야 한다.

머리 굴리지 마라!

결국엔 무기를 쓰고 권력을 남용하게 된다.

끝내 삶과 어색해지고 만다.

2012. 3. 8 21:46

내겐 너무 거룩한

"내겐 참으로 거룩한 이름!
인. 간.

네가 언제나 내 옆에 있지는 않지만
나는 언제나 네 옆에 있다.
네가 사랑에 빠져 세상을 모두 가졌을 때에도,
어느 순간 네가 나를 믿지 않았을 때에도,
또한 너의 불운으로 나를 원망했을 때에도,
그리고 너, 아이처럼 마냥 행복에 겨울 때에도,
정신을 차리고 다시 나를 찾기 시작한 그때에도,
슬프지만 네가 나를 부정하던 그 순간에조차,
나는 언제나 네 옆에 있어 왔다고 말해주고 싶다.
물론 그것은 앞으로도 매 순간 일어날 기적이라고 말해주고 싶다.
나는 네게 그렇게 기적을 선물했었노라고 말해주고 싶다.
그것이 바로 내가 너를 사랑하는 방법이라고 말해주고 싶다.
인간이라는 이름은 그렇게 내겐 거부할 수 매혹이라고 말해주고 싶다.

내겐 그토록 사랑스러운 이름,

인, 간."

2012. 4. 5 16:20

캐릭터 구축하기

나의 히로인의 캐릭터는 다른 사람과 좀 다르다.
인간이라는 이름을 가장 거룩하게 만드는 자,
신과 소통하는 21세기의 선비,
지상 최대의 삶의 스타일,
신의 길을 가는 인간,
21세기식 낭만주의자,
21세기형 보헤미안,
꿈과 시간의 지배자,
인간학의 창시자,
섹시한 깨달음,

원래 캐릭터란 입체적이어야 한다.
그런 면에서 대개의 사람들은 캐릭터가 없다.
지극히 평면적이다.
획일적이거나 전형적이다.
상투적이고 작위적이다.
자신만의 세계와 룰이 없다.

일상에서 탈출하지 못하는 그저 생활인이다.
인습이나 통념에서 벗어나기를 두려워한다.
결정적으로 세상의 눈치를 보고 있다.
이미 움츠러들고 쪼그라들었다.

슬프다!
탈선하지 못하는 너의 두 다리가 슬프다.
세상의 룰에 끌려 다니는 너의 정신이 슬프다.
보이지 않는 감옥에 갇힌 너의 육체가 슬프다.
담백한 열정을 잃어버린 너의 두 눈이 슬프다.
소리쳐 외치지 못하는 너의 목소리가 슬프다.
마음껏 날지 못하는 너의 퇴화된 날개가 슬프다.

캐릭터를 가져라.
네 생의 진정한 주인공이 되라.
너를 살게 하는 것은 밥이 아니고 돈이 아니고
집이 아니고 자식이 아니라
바로 너만의 캐릭터이다.
너만의 삶의 스타일이다.
너만의 세계, 너만의 룰이다.
바로 네 넘치는 생명력이다.

Be exist every single moment!

2012. 4. 18 12:09

칼릴 지브란의 후예

올림픽이나 월드컵은 참여하고 즐기는 것이지
반드시 싸워서 이겨야 하는 것은 아니다.
반드시 이겨야겠다는 생각.
그것이 열등감과 무엇이 다른가?
가수들은 무대에 올라가기 전
'나는 슈퍼스타', '내가 제일 멋져' 주문을 걸지만
자신감과 우월감은 때로 인간을 열등하게 한다.
인간에게 필요한 건 우월감이나 자신감이 아니라,
전투의지나 불굴의 헝그리 정신이 아니라,
그 어떤 순간에도 빛을 잃지 않는 자존감이다.

우월감도, 자존심도, 성실도 다 배신하지만
자존감만은 그대를 배신하지 않는다.
사람들은 지나치게 경직되어 있다.
꼭 이등병처럼 몸에 힘이 들어가 있다.
그러나 생(生)은 생사를 건 전투가 아니라
누구나 참여할 수 있는 축제다.

반짝이는 장식을 달고 거리를 배회해도 좋다.

무모한 도전으로 황당한 모험을 해도 좋다.

우스꽝스러운 코스프레(costume play)로 우주를 휘저어도 좋다.

물론 관광객을 상대로 돈을 벌수도 있겠다.

다만 그들을 감시하는 사감이 되지는 말아야 한다.

축제에 돌을 던지는 침입자가 되지는 말아야 한다.

참여하지 못해 주눅 든 학생이 되지는 말아야 한다.

가끔은 자신의 허점에 난감해질 때도 있다.

그러나 그럴 때마다 당황하거나 심각해지면

더욱 깊은 수렁 속으로 빠지게 된다.

그저 제 허점조차 사랑하고 쿨해지는 수밖에.

어차피 서로의 바운더리는 겹쳐져 있다.

네 허점도 사랑하는 나의 일부다.

나의 허점 또한 품어 안을 수밖에 없는 너의 흠결이다.

다만 서기 3000년경 블라디보스토크의 빈티지 숍에서

『신비(妙)어록』 초판본을 발견하게 될 그 아름다운 청년에게는

내 못난 모습을 들키고 싶지 않다.

그의 파란 눈에는 설렘만 가득 담아주고 싶다.

마침내 소로우를 구원했다, 당당하게 말했던 2000년의 나처럼

서기 4000년의 패기만만한 소로우에게는 나를 구원하게 하리라.

내 오묘한 사상과 탐미주의만을 물려주리라.

칼릴 지브란의 후예처럼 그도 나를 예언하게 하리라.

서로를 떠올리는 것만으로 종교적 체험을 하게하며

마침내 영원토록 생의 거대한 파도를 즐기게 하리라.

존경하는 누군가와 저녁 식사를 할 수 있다면

나의 히로인이 가끔 소로우와 칼릴 지브란
혹은 고흐와 베토벤, 예수와 석가모니를 만나듯
당신에게도 그런 일생일대의 기회가 주어진다면
과연 누구를 소환할 것인가?

이미 과거를 살았던 선대의 인물 중 말이다.
아마도 멀리는 예수 그리스도부터 가까이는 스티브 잡스까지
그 인물의 폭은 매우 다양할 것이다.
과학자라면 아인슈타인을 꿈꾸는 사람이 있을 것이고,
의사라면 히포크라테스, 소설가라면 헤밍웨이쯤 될까?
우리나라 사람 중에는 세종대왕이나 이순신 장군도 꽤 있을 것이다.

한 번쯤 생각해 보자.
숭배하던 그를 실제로 대면할 기회가 주어진다면,
또한 단 한 번 마주앉아 서로의 생을 나누거나
크게 세상을 도모할 수 있는 기회가 주어진다면
과연 누구를 선택할 것인지!

물론 나의 히로인의 대답은 이미 단호하다.
그는 언젠가 이렇게 말한 적이 있다.
아니, 늘 이렇게 말하고 있다.

"나는 이미 후대와 사랑에 빠져 있다."

(2011. 11. 8)

"'후대가 기억하는 내 모습'은
내게 마녀처럼 씩 웃으며 거침없이 쿨할 수 있는 힘을 준다.
난 늘 후대에게 힘을 주리라 생각하고 살지만,
사실 힘을 얻는 쪽은 언제나 나였던 것이다."

(2011. 1. 7)

"나는 언제나 자연의 여신처럼 게으름을 부리며 놀다가
문득 가슴이 뜨거워지면 피를 토하듯 나의 사상을 토해낸다.
그것은 물론 먼 미래에 올 수많은 칼릴 지브란들에게 힘을 주고
후대의 인간들에게 아름다운 정신으로 전해질 것들!"

(2011. 1. 6)

"몸으로 직접 부딪혀 후회 없는 생을 살고,
머리와 가슴에서 나오는
나만의 사상으로 뜨거운 글을 쓰는 것.
그리곤 설레는 가슴으로 내가 가고 난 먼 훗날을 준비하는 것,
바로 후대에게 정신적 유산을 물려주는 일,
내가 하는 일이고, 또한 내가 생각하는 가장 위대한 일이다."

(2011. 1. 5)

"신의 편에 서라!
매 순간 영감을 창조할 수 있다.
또한 스스로를 창조하고 삶을 창조할 수 있다.
마침내 후대의 인간에게서 영감을 창조해낼 수도 있다."

(2011. 1. 28)

그렇다.
이것이 바로 나의 히로인의 스타일.
나의 히로인은 바로
'누군가를 소환하고 싶은 이' 가 아니라,
이미 '소환된 자' 인 것이다.

2012. 10. 8 16:01

신다운 인간

평생 운동과 담쌓은 아줌마아저씨들도 나름 근육은 있다.

이두박근이나 삼각근, 종아리 근육 등은

특별히 운동을 하지 않아도

살다보면 조금씩 생기기 마련이다.

가끔은 정말 노동만으로 멋진 몸을 가지게 된 사람도 있다.

그럴 때 혹자는 말한다.

저런 생활근육이 진짜라고.

그러나 나는 말한다.

그렇게 말하는 너는 단 한 번도

삶을 디자인해보지 않은 자라고!

그는 변명을 하고 있는 것이다.

힘들게 운동할 엄두가 나지 않는 것이다.

이는 근육과는 전혀 상관이 없는 문제다.

그는 그렇게 말함으로써 스스로를 합리화하고

스트레스를 해소하고 있을 뿐이다.

인간이란 원래 그런 동물!

자신이 가질 수 없는 것, 엄두가 나지 않는 것엔

미련 따위 두지 않고 잊기로 한다.

짐짓 외면한다. 변명하며 자위한다.

그러나 그 불가능에 도전하지 않는다면

너는 너의 생을 디자인할 수 없다.

그저 남이 닦아 놓은 길을

수많은 경쟁자와 아귀다툼 달려 가야 하는

험난한 코스만이 남게 될 뿐,

그렇다면 어쩔 수 없다.

불안과 초조, 오로지 경쟁과 낙오를

생의 친구로 삼는 수밖에.

말하건대 스스로의 생을 디자인하라.

그 불가능에 도전하라.

신도 이 우주를 디자인했다.

그런데 왜 세상이 이 모양이냐고?

다시 한 번 말한다.

신은 이 우주를 디자인했다.

세상을 이 모양으로 만든 것은 신이 아니라

바로 당신, 인간이다.

신은 애초 세상을 설계하고 디자인했을 뿐이다.

그 게임 안에서 판을 벌리고 논 것은 인간이다.

자신의 자유를 신에게 떠넘기지 말 것!

신은 인간에게 마음껏 놀 자유를 선사했다.

애초 네 생은 네가 디자인하도록 설계했다.

스스로 업그레이드(upgrade)가 가능하도록 디자인했다.

그러므로 세상이 왜 이 모양이냐고,

세상이 이런 것은 신이 없다는 증거라고 떠들어봤자 공염불!

그것이야 말로,

인간들 스스로 다운그레이드(downgrade)되었다는 반증일 뿐,

안주하느라 낮은 사양으로 기어 내려갔다는 고백일 뿐.

신의 설계가 마음에 들지 않는다면

어린아이로 다운그레이드 되어 어깃장을 놓을 것이 아니라

왜 내가 원하지도 않았는데

나를 게임 안에 던져 넣었냐고 따져 물어야 한다.

신 앞에 나아가 담판을 지어야 한다.

"네 마음대로 될 것 같으냐?

내 삶은 내가 주도하겠다!" 외치고 확 죽어버려야 한다.

그렇게 신의 작품을 망쳐봐야 한다.

신을 곤란하게 하고 신에게 딜레마를 안겨줘야 한다.

버그(bug)를 만들고 오류를 내야 한다.

그렇게 신에게 도발해야 한다.

그런데 아무도 그렇게 하지 않는다.

그저 주어진 대로 넙죽넙죽 잘도 살아간다.

그렇다면 이미 이 상황을 받아들인 것으로 치는 거!

한 번 폼 나게 살아봐야 하는 거!

물론 아무 생각 없이 살고 있다는 거 다 안다.

자신이 게임 안의 캐릭터에 불과하다는 사실을 발견했을 리 없다.

그저 그 안에서 잘도 적응하며 오늘도 늙어가고 죽어가고 있을 뿐.

캐릭터대로 서로를 죽이고 싸우고 있을 뿐.

나는 왜 좀 더 많은 인간이 게임 밖으로 튀어나오지 않는지 모르겠다.

　나는 그저 게임 안의 캐릭터가 아니라고,

나도 신처럼 한 세계를 창조한 독립적인 주인이라고,

나의 캐릭터는 내가 결정하겠다고,

그러므로 결코 게임 안에서 싸우다 죽지 않겠다고,

예정대로 늙어 폐기처분 되지 않겠다고' 말이다.

바로 내 모든 슬픔과 환멸의 근원!

인간들은 왜 그렇게 무기력하게

주어진 게임 안에서만 노는 것인가,

그토록 자연스럽게 늙어 가고 죽어 가는 것인가,

나를 마음대로 주무르는 신이란 자에게

최소한 'fuck you!' 한번은 날려줘야 하지 않겠나,

통쾌하게 큰소리 한번 질러줘야 하지 않겠는가, 하는 것!

철학이란 바로 그 지점에서 출발하는 것이다.

죽음을 피할 수 없는 존재이기에 죽음에 도발하는 것이다.

생로병사를 벗어날 수 없기에 그 한계에 도전해보는 것이다.

게임 안의 존재이기에 게임 밖으로 나가야만 하는 것이다.

희망은 있다.

바로 그런 삶의 태도에 희망이 있다.

노예로 살 것인가, 주인으로 살 것인가!

결코 눈알 굴리며 주인의 눈치를 보지 않는 것.

스스로 주인이 되어 제 삶을 주도하는 것.

나는 당신이 바로 그런 인간이었으면 한다.

그저 인간다운 인간이 아니라,

자신이 한낱 인간임을

군말 없이 받아들이는 고분고분, 겸손한 인간이 아니라,

신을 향해 'fuck you' 를 날릴 수 있는 인간,

내가 세상을 바꾸겠노라 큰소리치는 인간이었으면 한다.

나는 당신이 그런 배짱 좋은 인간,

인간다운 인간이 아닌

신다운 인간이었으면 한다.

Life is attitude!

2012. 10. 31 20:08

꿈과 시간의 지배자 1

그는 때를 기다릴 줄 안다.

또한 매 순간 미래를 달린다.

시간을 자기 손바닥 위에 올려놓고

무한대로 늘였다 줄였다 하기도 하고

우주의 벽에 튕기며 가지고 놀 때도 있다.

그럴 때의 시간이란,

그에게 플러버(Flubber)처럼 탄성 넘치는 기특한 물건이다.

때로 시간은 그에게 가장 사랑스러운 악기,

혼신의 몸부림이다.

반도네온 연주자처럼

온몸으로 격정의 연주를 펼치기도 하고

최고의 마에스트로처럼

계절의 오케스트라를 지휘하기도 한다.

그는 당돌하게도 시간이라는 악당을 완전히 제압하여

그의 편으로 만들고야 말았던 것이다.

그러므로 시간은 그에게 있어

최고의 파트너이자 친구,

신과 담판 짓고 의기양양 가져 온

회심의 전리품이다.

아니, 애초 그와 함께 태어난 형제,

샴쌍둥이다.

인간과 멀고 신과 가까운 자의 유일한 초능력!

그렇다. 애초 그는 시간의 지배자로 태어났던 것이다.

꿈과 시간의 지배자!

꿈이란 언제나 시간에 등 위에 올라타고 있는 것이기 때문이다.

태초부터 지금까지의 그 모든 시간에 그가 있었던 이유이기도 하다.

2012. 11. 4 19:37

꿈과 시간의 지배자 2

그는 꿈의 주인이다.
태초 그가 시간이라는 용을 물리치고 금의환향 했을 때
시간의 콧잔등 위에 올라 함께 온 것이
바로 꿈이다.
꿈은 시간과는 달리 악당기질이 없다.
언제나 넓은 품으로 그를 감싸 안고 춤을 출 뿐 아니라
이 우주의 깃털이 다 빠지는 그날까지
인류를 기다리겠다고 말하곤 한다.
그러나 꿈은 마냥 온화하지만은 않는 성정,
결코 아무에게나 호락호락 그 곁을 내주지 않는다.

사람들이 꿈과 장래희망을 혼동하고
더 이상 서로에게 꿈을 묻지 않는
21세기가 계속되는 한!
어쩌면 잘된 일인지도 모른다.
아이에게 참다운 꿈을 이야기해 줄 수 없는 자,
참다운 어른이 될 수 없고

꿈이 없는 삶 또한 온전히 지속될 수 없다.

꿈은 인류의 미래다.
꿈은 일개 개인의 것이 아니라
인류의 것, 신의 것, 시간의 것.
그것은 언제나 인류의 머리 위에, 신의 가슴 위에,
그리고 시간의 등위에 존재하는 것.
꿈은 신의 현재를 밝혀주는 등불이다.
꿈은 시간의 동반자,
꿈은 장대한 생의 이정표이다.

한때 꿈은 점점 왜소해져 말라죽어 가고 있었다.
시간이라는 용을 물리치고
나의 히로인이 그를 데려왔을 때만 해도
그는 아주 작고 볼품없는,
나약한 존재였다.
그러나 지금 꿈은 깨달음의 결정체,
나의 히로인을 만나 더욱 활기차졌으며
서로의 생을 이야기할 때면,
언제나 막 젊음의 샘을 마신 듯 에너지가 넘쳤다.
꿈은 이제 그 자체로 완전한 완전체!
제 할 일을 마친 시간과 함께 저 먼 우주 끝까지 날아가야만 한다.
그리하여 세상 끝, 우주 끝의 사정을 우리에게 이야기해주어야 한다.
우리 그 꿈의 보고서를 기어이 작성해야만 한다.

나의 히로인은 가끔 이야기한다.

나는 꿈과 시간의 지배자.

한 세계를 창조한 너는 신과 다름이 없다.

부디 네 삶도 너와 같이 거룩하고 장대하여라!

우주를 통째로 업그레이드하여

네가 이 우주에 잠시 다녀갔다는 사실을

전 인류에 선포하라.

요즘은 꿈을 묻는 어른이 없다.

그 이유는 아무래도 꿈이 나의 히로인과 지내다보니

더욱 까다로워진 까닭이다.

그 자신 스스로 업그레이드되었기 때문이다.

스스로 더욱 높아지고 귀해져 나의 히로인 외에는

대화가 되는 친구를 만나지 못했기 때문이다.

2012. 11. 5 18:05

신의 설렘, 우주의 허그, 시간의 키스

신의 설렘,
우주의 허그,
시간의 키스,
꿈의 프러포즈,

깨달음, 그 이후의 풍경이다.
그것은 더 이상 선방의 고리타분한 이야기가 아니다.
또한 현실과 동떨어진 몽환도 아니다.
그것은 거대한 발상의 전환!

가장 현실적인 인간의 문제다.
그대 자신이 장대하게 자라나
신과 머리를 맞대고 이 우주를 도모한다는 이야기.
스스로 거인이 되면 세상은 어린아이 구슬처럼 작아 보인다.

더 이상 거대한 삶의 파도 앞에서 주눅 들지 않아도 된다.
우주를 한 바퀴 돌아 마침내 제 자리로 돌아왔을 때

세상은 더 이상 예전 세상이 아니다.
생은 더 이상 알 수 없는 비밀이 아니다.

생은 그저 오늘 하루를 밝혀주는 태양,
지금 이 순간을 달리는 섬광,
내 모든 찰나를 일깨워주는 다정한 친구이다.
그저 나란히 걸을 수 있다.

놀라울 것도, 호들갑 떨 일도 없는 오랜 친구!
그가 들려주는 이야기에 귀 기울일 수 있다.
또한 나의 이야기를 들려줄 수 있다.
사사롭던 생에 기적이 일어나면,

일상은 그에 성사가 된다.
아무도 알아주지 않던 나, 신만은 알아주고
그저 허허롭던 어깨, 우주가 감싸주며
쫓기던 일상, 시간이 먼저 다가와 입맞춤해준다.

꿈이 오매불망 사랑을 고백한다.
세상 모든 생명들이 자신을 낮추며 우러르고
길거리의 돌멩이마저도 박수치며 환호한다.
마침내 풀벌레 하나까지도 나를 위해 오케스트라를 연주한다.

외로움에도 스케일이 있다.
그 스케일이 달라진다.

우주만큼 신만큼 외로워지면
우주가 내 몸이 되고 신이 내 정신이 된다.

옆에 누군가가 없어도 더 이상 허전함에 몸부림치며 방황하지 않는다.
누군가 나를 버릴까 두려움에 떨지도 않는다.
세상 모두가 나를 모욕해도 달라지는 건 아무것도 없다.
우주가 내 몸이고 신이 내 정신이기 때문이다.

깨달음은 특정인의 것이 아니다.
우주처럼, 신처럼 우리 모두의 소유다.
시간처럼, 꿈처럼 언제나 내 옆에 있다.
그래서 외롭지 않다.

아니, 철저하게 외롭다.
광대하게 고독하다.
온통 비워진 듯 꽉 찬 우주처럼!
마치 신처럼!

2012. 11. 6 18:55

꿈이 내게 프러포즈했다

꿈이 내게로 와 사랑을 고백했다.
그래서 우린 결혼하기로 했지.
신에게는 청첩장을,
우주에게는 축가를,
시간에게는 행진곡을 부탁하면서.

신은 내게 영원의 화관을 선물했고
우주는 설렘의 노래를 불렀으며
시간은 힘차고 용맹한 행진곡을 들려주었어.
꿈은 마침내 나의 신부가 되고
나는 그의 하나밖에 없는 친구가 되었던 거야.

우리의 결혼은 우주적 이벤트가 되었어.
순간은 더 이상 흘러가버리지 않았고,
영원은 더 이상 우주 저 끝에 머물지 않고,
꿈은 더 이상 신만의 것이 아니었어.
신은 더 이상 우리의 생을 주관하지 않았지.

신은 꿈과 나의 주례 선생.
장렬하고 커다랗게 자라,
우주의 이쪽 끝과 저쪽 끝을 모두 차지한
우리의 정신을 함께 기뻐했지.
우리의 구경(究竟)을 주재했지.

앞으로의 세상엔 꿈이 길을 잃어 미아가 되고,
시간이 두 얼굴의 악당으로 군림하며,
신이 인간을 어르고,
인간이 울며 신의 등에 업히는 일은
더 이상 없을 거라고!

우리의 결혼은 이 세상엔 없는,
신비롭고 아름다운 이야기.
괴이하고 기이한 동화 속 전설.
어젯밤 꿈처럼 아스라한 잠꼬대.
그러나 현실보다 더 생생한 통한의 역사.

나의 나라는 이렇게 살아가고 있다네.
날로 번성하고 있다네.
너의 나라로 놀러가고
나의 나라로 초대하려면
이처럼 미친 듯 자라나지 않으면 안 되었기에.

2012. 11. 6 19:50

신은 쿨한 스타일이다
God is cool style

아쉽지만 헤어지며

안녕, 친구! 나는 요즘 새로운 사랑에 빠졌어. 상대는 바로 후와 준이, 그리고 아이들이야. 나는 아이들이 그렇게 예쁜 존재인지 처음 알았어. 그런데 생각해보니 내 어릴 적은 귀여웠던 적이 없는 것 같아. 지금의 나야 철 안든 청춘이지만, 그때의 나는 고독한 늙은이였어. 7살 먹은 애늙은이, 9살 먹은 중늙은이, 10살짜리 상 노인네.

나는 세상을 바꿀 거야. 네 꿈은 나중 너의 아이가 좋은 대학에 가는 건지 모르겠지만 내가 원하는 건 언제나 이 세상을 뒤집어엎는 거지. 사우나에 앉아서 모래시계 뒤집어 봤지? 흡사 그것과 같아. 나는 이미 시간을 뒤집고 주물러 본 적이 있는 노련한 지배자거든. 9살 때 이미 난 로빈슨 크루소가 되었던 거지.

사실 엊그제 낸시 랭 인터뷰를 보고 좀 놀랐어. 나도 요즘 〈라이프 오브 파이〉(Life of Pi, 2013)에 홀딱 빠져 있거든. 그건 마치 내 꿈속 세상을 그대로 옮겨 놓은 것 같은 영화였어. 나도 낸시처럼 컬러풀하고 판타스틱한 꿈 세계를 가지고 있지. 현실보다 꿈속 세상을 오히려 더 사랑할 정도로! 며칠 전엔 우주여행을 했어.

무수한 별들과 끝없이 빨려들 것만 같은 검고 거대한 손아귀, 보석 박힌 융단, 끊임 없이 펼쳐지던 공간 아닌 공간, 눈부신 빛과 빛, 또 빛. 우주는 정말 멋지지! 그건 누구도 모르는, 또 다른 나의 세계야. 그렇지만 요즘

심통은 좀 나 있었어. 이 황막한 무인도, 마치 태공망이 된 듯 세월을 낚고 있는 나, 퇴행한 듯 멈춰버린 따분한 지구.

뭐 물론 꿈속 세상에선 미하엘 슈마허에 인류 최초의 우주여행자지만, 하여간 그때 내 독설에 친구가 던져 준 잘랄루딘*의 시. 아, 그 순간 나는 에너지가 100%나 충전되었어. 난 잘랄루딘 아저씨를 사랑하게 돼버린 거야. 근데 아저씨 맞겠지? 그의 시집 한 권을 갖게 되면 세상을 다 가진 것처럼 행복해질 것만 같았지.

세상에 내가 보는 풍경을 너도 같이 보고 있었다는 사실만큼 완전한 건 없어. 완전한 건 없다고 잘도 말하는 바보들은 꼭 알아두라고! 누구나 자기만의 세계가 있어야 하지만 그 세계는 보다 광대해지지 않으면 안 돼. 그리하여 신의 그것과 겹쳐지지 않으면 안 되지. 아니라면 네 생은 그저 사적인 사건, 한순간의 해프닝에 머물고 말아.

하여간 그때 나는 불현듯 이제 때가 되었음을 느꼈어! 더구나 그로부터 채 하루도 지나지 않은 오늘 독립운동, 아니 독립음악가 김용을 보고야 말았지. 그의 가내수공업 뮤직비디오 말이야. 김용 동생! 자네를 보고 난

*잘랄루딘 루미(Jalāl ud-din Muhammad Rūmi , 1207~1273): 이란의 시인으로 페르시아 문학의 신비파를 대표한다. 대서사시인 「정신적인 마트나비」는 수피즘의 교의, 역사, 전통을 노래한 것으로 '신비주의의 바이블'로 불린다.

또 마구 해피해졌어. 자넨 나와 비슷한 인생을 살고 있더군. 그래 맞아, 나도 한 천 년 동안 잉여로 살았던 거야. 하하하.

너는 600살이니? 나는 1050살쯤 된 거 같다. 자세한 건 나도 몰라. 나의 뇌 속엔 나이라는 영역이 없는 거 같아. 원래 한 천 년쯤 살게 되면 조디포 스터 같은 동성애자쯤은 내 몸속보다 더 잘 이해하게 돼. 아 괜찮아! 나 정도 살면 '이해'라는 말을 타인에게 써도 될 만큼 숙성된 와인으로 쳐주는 법이니까.

희망이란 원래 밑바닥에 있는 사람이 이야기해야 진짜지. 그렇지만 사실 우린 희망을 얘기하기엔 너무 증거가 없긴 해. 그래도 괜찮아. 우린 입이 있다는 자체가 희망이니까! 이렇게 펄펄 살아 있다는 게 증거야. 보통은 입이 아주 없어져서 먹는 입만 동동 뜨게 되지. 그런 의미에서 나는 밑바닥 뿐 아니라 세상 가장 높은 벼랑 위에도 서 있어.

사실은 그곳이 진짜 내가 서 있는 곳이지. 그래서 말할 수 있어. 밑바닥에 있다고 네 삶이 진짜 밑바닥은 아닌 거라고. 아예 땅 속 깊이 잠수해서 그 세계를 유영하다 보면 언젠가 저 높은 곳에서도 훨훨 자유롭게 날 수 있다고. 그런데 음, 앞으로도 한 2000살쯤 더 먹게 될 것 같은 이 불길한 예감은 뭐지? 하하.

가끔 광대한 내 세계를 날아다니다 보면 내 타자로는 그 속도를 따라갈 수 없을 때가 있어. 지금도 새벽에 잠깐 깼다가 이렇게 뇌컴퓨터의 글쓰기를 따라 덩그러니 앉아 있지. 옛날 생각이 나네. 그때도 나는 참 '근거 있는 자신감'에 가득 차 있었어. 내가 글을 쓰기 시작한 건 그러니까 20세기부터였어. 한 천 년은 됐지.

첫 책이 나온 건 2004년 말이었지만 그 글을 쓰기 시작한 건 훨씬 이전이었지. 원래 나 같은 사람은 책 내기가 어려워. 하여간 그 이후로도 글을 쭉 써 왔는데 지금 이 책에는 2007년 글부터 있지. 이유는 간단해. 그때 책을 못 냈기 때문에 그 글들이 다시 내게로 침투되고 흡수되어 새로운 버전으로 탄생한 거야.

그러니까 이 책의 글들 거의가 그 당시 공백기 글의 또 다른 버전인 거지. 그때는 첫 책, 『신비(妙)어록』(2004)의 에세이 형식을 벗어나 짤막한 아포리즘* 형식을 띠고 있었어. 2005년인가 석 달을 밤낮없이 두 권 분량의 아포리즘을 썼는데 그때 책을 못내는 바람에 오늘날의 '신비(妙)어록'이 있게 된 건지도 몰라.

어쨌든 나는 지금 이 순간도 꾸준히 진화하고 있다는 말씀! 글들이 예전보다 조금 더 탄력 넘치고 날씬해졌다고나 할까? 예쁜 근육도 좀 생긴

*아포리즘(aphorism): 깊은 체험적 진리를 간결하고 압축된 형식으로 나타낸 짧은 글.

것 같고. 그 슬림하고 섬세한 근육 말이야. 뭐 꾸준히 운동한 탓이겠지. 솔직히 내가 글을 잘 쓰는 편은 아니잖아? 좀 나아졌다면 다 호사스럽게 척척 책을 내지 못한 덕택일거야.

하여간 2005~2006년의 그 아포리즘은 다시 에세이적 아포리즘으로 (2007~2010), 다시 시적 아포리즘(2009~2012)으로 바뀌었다가 지금은 또 저 둘이 섞인 상태야. 물론 아주 옛날 글들은 이 책에 없지만 있다면 원문을 거의 그대로 실었어. 만약 고치게 된다면 대대적인 지방흡입을 해야 하니까. 난 이미 수술보단 운동을 택해왔으니까.

눈치 챘겠지만 나는 어떤 특별한 형식을 염두에 두고 글을 쓰지는 않아. 그저 내 안의 풍경을 묘사할 뿐. 그때그때 내 안의 신이 불러주는 노래를 받아 적기 바쁠 뿐. 글을 쓰는 일은 그래서 내겐 놀이인 거지. 그것도 아주 즐거운! 이제는 모든 사람들이 글을 쓰는 시대가 도래 했어. 그러나 안타까운 건 그들은 낳지 않고 정말 쓰기만 해.

쓰지 말고 꾸미지 말고 그냥 낳아야 해. 쥐어짜는 건 어렵지만 낳는 건 쉬워. 물론 낳는 게 더 어려울 수도 있지. 하지만 엄밀히 말하면 몸속에서 생산하고 기르고 체득하고 깨닫는 과정이 반드시 있어야 한다는 거야. 낳는 건 그냥 순리지. 몸속에서 자라는 아기는 열 달이 되면 응애, 하고 나오기 마련이잖아. 임신을 한 게 맞다면 말이야.

쥐어짜지 말고 흘러넘치게 해. 마침내 폭발하게 해야 해. 그냥 흘러나오는 에너지를 주체하지 못해 가슴이 벌렁벌렁하면 그 가슴이 시키는 대로 받아쓰기를 하는 거야. 그러려면 먼저 생(生)을 살아야 해. 세상 눈치나 보다간 매 순간 죽음만이 있을 뿐이야. 펄펄 살아 숨 쉬는 활어처럼, 펄떡이는 심장처럼 그 무엇에도 길들여지지 않아야 해.

이젠 정말 소로우가 숲 속 오두막에 홀로 산 2년 세월, 달마의 면벽(面壁) 9년도 우스울 지경이 돼버렸지. 믿는 구석이 있었던 거야. 신이 나를 죽이기야 하겠나 뭐 그런 거. 아니 죽일 테면 죽여 봐라, 어차피 나도 이판사판, 끝까지 가봐야 한다. 결정적으로 당신이 내 편인 거 다 안다! 든든한 백이 있는데 내가 세상에 무서울 게 뭐 있나, 뭐 이런 포즈.

세상 속에서 사는 것보단 세상 밖에서 세상을 들여다보길 선택했어. 바둑판 위의 말이 되기보단 바둑을 두는 신선이 되기로 했고. 또 바둑을 두는 신선보다는 훈수 두는 이, 또 훈수 두는 이보단 바둑판을 뒤집어엎을 수 있는 바람을 선택했지. 그래야 더 잘 보이거든. 그라운드에 들어가 뛰는 선수가 아니라 전체를 들여다보는 감독의 시선 말이야.

세상에 선과 악은 없지만 포지션은 있어. 세상 속에서 아우성치는 인간이 아니라 그를 내려다보는 시선. 바로 그것을 얻어야 해. 남들보다 더 잘 보이는 자리는 세상에서도 무지 탐하는 거잖아? 사실 사람들이 가장 바라

는 거지. 그런데 진정으로 높은 자리를 얻으려면 세상에서 살짝 나와 있어야 해.

거긴 마치 검투사의 원형경기장 같은 곳이야. 한 번 노예가 되면 죽을 때까지 싸워야 하는 곳. 노예생활이 익숙해지면 자기가 노예인지도 모르는 곳. 존엄을 침해당해도 침해당한 줄 모르고 그렇게 기계적으로 사는 데란 말이야. 퍼뜩 깨달았다면 얼른 나오길 바라. 그 안에 파묻혀 있지 말고. 여긴 아주 잘 보이니까, 나랑 같이 보자고.

이 우주를 같이 나눠 쓰자는 말이야. 나는 늘 얘기하지. 우리는 공히 이 우주의 주인이라고. 그런데 사람들은 그 좁은 곳에 모여 경쟁할 뿐 더 넓은 외부로 눈을 돌리질 않아. 감히 그 어떤 과학자도 크기를 가늠할 수 없을 정도로 넓은 곳을 놔두고 왜 다들 펜트하우스만을 차지하려 애쓰지? 왜 돈으로 환산되는 것만을 탐하는 거지?

나는 원래 아침형 인간이 아니야. 지금도 단지 뇌만 깨어 있을 뿐이야. 난 지금 꿈을 꾸고 있는지도 몰라. 물론 이 순간도 가슴 속은 뜨겁고 피는 마치 태양을 삼킨 듯 펄펄 끓고 있지. 비밀이지만 살짝만 얘기해주자면 나는 세상 사람들이 좀 더 스타일리쉬해졌으면 좋겠어. 깨달음을 아는 멋진 세상이 되었으면 하고 바라지.

하여간 나에게는 친구가 있어. 내 영혼이 목마를 때 촉촉하게 적시라고

물 한 바가지쯤은 뒤집어씌워 주는. 그래서 한 번 살아볼 만한 거야. 전쟁터에서 하늘을 이불 삼아 누웠는데 잠시 멋진 구름을 발견한 기분이랄까? 전쟁은 오로지 나의 것이지만 신은 언제나 나를 즐겁게 해주려고 저렇게 안간힘을 쓴다니까!

고마워, 그리고 안. 녕. 언젠가는 너를 깜짝 놀라게 해줄 거야.

2013. 2. 19 화요일 새벽
이젠 좀 더 자야겠어.
그리고 너는 곧 세상 빛을 보게 될 거야, 신비(妙)어록!